W0193862

Glückliches Sterben

GLÜCKLICHES STERBEN

Volker Harry Altwassers Roman
über Bruno Franks Bericht,
in dem Chamfort
seinen Tod erzählt

Matthes & Seitz Berlin

VORWORT

Denn das war die Macht der Diener,
dass sie herrschen ließen.
Altwasser.

Als Jugendlicher verschlang ich Bruno Franks historischen Roman *Cervantes*, der mich demütig vor dem Leid anderer machte. Dieses Gefühl ist mir nun wieder präsent, weil ich in der glücklichen Lage bin, den 1912 erschienenen Gedichtband *Der Schatten der Dinge* in Händen zu halten, der auf scheinbar beschwingte Weise Trauer um einen geliebten Menschen verarbeitet, wie es wohl nur die ganz großen Humanisten schaffen. Bruno Frank gehörte zu ihnen.

Mein Leseerlebnis in der Jugend kam mir wieder zu Bewusstsein, als ich im Jahre 2008 an einer Veranstaltung zur Bücherverbrennung teilnahm. Aus einer Liste von Autoren, deren Bücher man verbrannt hatte, konnte ich einen Namen auswählen. Mein Blick blieb bei Bruno Frank hängen, der Text, den man vortragen konnte, lautete *Chamfort erzählt seinen Tod*. Ich las diesen wenige Seiten umfassenden Bericht über die Wirkungslosigkeit des Schriftstellers Chamfort zur Zeit der Französischen Revolution, und als ich feststellte, dass Bruno Frank mitten beim Schreiben seines Romans verstorben war, da sagte ich nicht gerade bescheiden zu mir, es solle keiner Diktatur gestattet sein, einen Roman zu verhindern, auch wenn sie Bücher oder sogar Schriftsteller verbrenne. Es war einer jener großen Momente der Realitätsverachtung, denen gewisse Autoren zuweilen erliegen.

Fünf Jahre arbeitete ich mich in den Stil und in die Roman-idee ein, um dem großen Vergessenen ›Stift und Papier‹ für sein letztes Werk sein zu können. Es begann eine Zeit, in der ich auch Bruno Franks Leben kennenlernte, der wiederum von Chamfort hatte erzählen wollen. Daher kümmerte ich mich auch um diesen großen Franzosen – und um die fiktive Denise, die Bruno Frank bereits als Figur eingearbeitet hatte. Sein kurzer Originaltext setzt sich aus den Passagen meines ersten Kapitels zusammen, die mit einem **fett** gedruckten Anfangswort markiert sind. Ich hoffe, die Weiterführung in seinem Sinne gestaltet zu haben.

Bruno Frank, der Vergessene, war zum einen der treueste Schriftstellerfreund Thomas Manns, zum anderen wurde er von Hermann Hesse als wahrer Meister der Novelle bezeichnet. Heute wissen wir nichts mehr von dem Mann, der den ›Zauberer‹, wie Bruno Frank Thomas Mann zuerst nannte, fast vierzig Jahre lang begleitete, der selbst drei Weltbestseller verfasste und der von sich selbst sagte, Ruhmessucht gehöre zum Glück nicht zu seinen Lastern.

Während er am fiktiven Todesbericht mit dem Titel *Chamfort erzählt seinen Tod* arbeitete, starb Bruno Frank seinen ›glücklichen Tod‹, wie Golo Mann und Ludwig Marcuse es beschrieben. Bruno Frank war die ›humanistische Mitte der Exilschriftsteller‹, über deren Verlust sie im Juni 1945 alle so erschrocken waren. Bedingt durch seinen frühen Tod verlor sich seine Spur alsbald im Nachkriegsdeutschland.

Ich widme diese französisch-deutsche ›Nouvelle Noire‹ dem Schweizer Schriftsteller Thomas Hürlimann aus Berlin, der mir in so vielen Dingen fernes Vorbild und echter Unterstützer geworden ist.

Volker Harry Altwasser, November 2013.

»Wenn sich der Künstler auch vielleicht über die Unsterblichkeit seines Werkes täusche, über die sozusagen materielle Unsterblichkeit, so könne doch niemand wissen, in welch geheimnisvoller Weise das neue und wahre Bild der Dinge, das er hervorgebracht, ins Unendliche weiter wirke, – ohne dass diese Wirkung vielleicht einen bewussten Abglanz in menschlichen Köpfen hervorbringe.« (Bruno Frank, *Ein Abenteuer in Venedig*, Novelle.)

Dies ist der Anfang einer Autobiografie des französischen Schriftstellers Chamfort, die er nie geschrieben hat. Hundertfünfzig Jahre nach seinem Tod versuche ich mit seiner Stimme zu reden.

Geboren unter dem fünfzehnten Ludwig und seltsam endend in der Revolution, war er ein Mann zweier Sphären, zweier Zeitalter. Mit seinen Nerven und Neigungen, seiner Bildung, seinem Geschmack gehörte er der versinkenden Welt an, mit seinen Einsichten, Absichten, Fernsichten der neuen Epoche, die unter Gewitter anbrach.

Ausgestattet mit dieser Doppelseele, ist Chamfort recht sehr unser Schicksalsgefährte; und dem größten unter seinen ›Zeitgenossen‹, Thomas Mann, widme ich von Herzen diesen Beginn.

Bruno Frank, Juni 1945.

ERSTER TEIL

Ohne mich ginge es mir sehr gut.
Chamfort.

Kalifornien, Los Angeles, war ihm nie mehr als eine Film-kulisse gewesen. Auf dem Grundstück, das zur Villa ›Auro-ra‹ seines alten Weggefährten Feuchtwanger gehörte, lag Bruno Frank auf der Terrasse und dachte, wie erhaben es sei, wenn man die Sonne nur noch sehe, sie aber nicht mehr spüre. Schon immer hatte er die letzte Stunde des Lichts für die großartigste gehalten.

Er sah seine junge Frau im Pool treiben, die Arme ausge-breitet, mit den Füßen schwimmend, und hielt die Erinne-rung an die Abdrücke ihrer Brüste in den Handwölbungen mit allem Willen fest. Das Gefühl, wenn die Spitzen hart geworden waren; mühsam öffnete der alte Kranke die bei-den Fäuste, lächelte über die Leere in ihnen.

Ein gutes Leben gehe hier sanft zu Ende, während in sei-nem Heimatland, ach, auf seinem Heimatkontinent Trüm-merfrauen letzte, ach, erste Handgriffe verrichteten: Sei das nicht der richtige Sterbensmoment, ach, der beste aller möglichen? Der Todkranke nickte mechanisch und spürte nun doch die Sonnenstrahlen als Schweißperlen in den Au-genwinkeln; was ihm nur mäßig erhaben schien.

An diesem dreizehnten Juni fünfundvierzig war ihm der lebenslange Kamerad fern – wie noch nie. Während ihm Lion Feuchtwanger die Finger der rechten Hand massierte, dachte Bruno Frank an den ›Zauberer‹, wie er ihn nannte, an die erste Begegnung mit Thomas Mann, München um neunzehnhundertzehn, was war das für eine quirlige Stadt gewesen! Aber ach, es galt, Dinge zu regeln, es galt, letzte Worte festzuhalten.

»Danke, Lion«, sagte Bruno: »Ich glaube, ich versuche es jetzt. Ich glaube, es müsste gehen.«

Lion half ihm, sich aufzurichten, stopfte ihm Kissen hinter den Rücken, stellte ihm das Tablett mit den leeren Seiten auf die Knie, legte ihm die rechte Hand auf das Papier, steckte ihm den Bleistift mit weichster Mine zwischen Zeigefinger und Daumen, nickte ihm schließlich zu. Sie sahen beide, wie das Schreibgerät aus der Hand rutschte, und wagten nicht, sich anzusehen.

Die alten Gefährten schwiegen und sahen traurig Elisabeth zu, die aus dem Bassin kletterte. Sie hüllte sich in einen weißen Bademantel, strich sich die langen, braunen Haare zurück und sagte: »Das macht doch gar nichts, mein Liebster, dann mime ich die Sekretärin für dich. Ich bin nicht umsonst die Tochter zweier berühmter Schauspieler, ich bin dein Stift, ich bin dein Papier.«

»Danke, Liesl«, sagte Bruno: »So schreiben wir also zuletzt, wie wir so lange gelebt haben: gemeinsam.«

Es ist nun beinahe sieben Wochen her, dass ich versucht habe, mein Leben zu beenden, ein Versuch, der missglückt ist, sonst könnte ich ja nicht von ihm berichten, aber doch nicht völlig missglückt.

Damals, Mitte November, erschien in meiner Dienstwohnung, Rue Neuve des Petits Champs Nummer achtzehn, derselben, in der ich jetzt schreibe, ein Kommissar der republikanischen Polizei mit seinen Leuten und wies den Befehl vor, mich, Sébastien-Roch Nicolas, genannt Chamfort, Schriftsteller und Direktor der Nationalbibliothek, ins Gefängnis zu führen.

»Verzeiht, meine Freunde, wenn ich euch nun alleine lasse«, sagte Lion: »Ich sehe euch ja in bester Gesellschaft mit euren Favoriten.«

Leicht verzog Bruno das Gesicht, die Finger der rechten Hand andeutungsweise hebend, während Elisabeth kaum aufsah.

Marta Feuchtwanger stand unter den Arkaden der Villa und lächelte ihrem Mann zu, der ihre Hand nahm, um sie ins Innere zu führen. Sie waren auf eine der vielen Dinnerpartys eingeladen, die von den Exildeutschen im zweiten Monat der Befreiung gegeben wurden. Überall regte sich nach dem Trauma der unfassbaren Nachrichten aus der Heimat endlich wieder Hoffnung.

Da wich der Schock.

In allen Wohnstätten wurde geplant; die Gemeinde der Exilanten sei in der Tat völlig aus dem Häuschen, meinte Lion zu seiner Frau, ehe er anfügte: »Und unser armer Bruno, der geht gerade jetzt!«

»Es ist gut, dass wir die Überraschungsgeburtstagsparty für ihn doch abgesagt haben. Er scheint sich auch heute kaum besser zu fühlen.«

Die Feuchtwangers sahen zu den Franks hinüber, denen sie Quartier gegeben hatten, weil die Ärzte meinten, Ruhe und Licht könnten helfen. Bruno Frank hatte sich erstaunlich schnell von dem Herzinfarkt erholt, den er am ersten

April erlitten hatte, aber, soviel wusste Lion vom Leben, eine Erholung, gerade eine unerwartete, war doch immer auch ein Wagnis. Er nahm seine Frau in den Arm, zog sie in den Schatten der Villa und sagte: »Am Ende geht es wohl gar nicht mehr darum, dass etwas besser wird. Es soll nur nicht schlechter werden, das zeichnet wohl ein Ende aus, das auf einen Schluss zuläuft.«

Sie warfen noch einen Blick auf die Franks, die am Pool dicht beieinander blieben, Bruno auf dem Liegestuhl, Elisabeth vornüber gebeugt auf einer Fußbank, das Schreibtablett auf den Knien; ein Paar im zwanzigsten Jahr seiner Ehe: schreibend erzählen, gegenwärtig, aber stets gegen die Gegenwart, die es nur als Moment in der Zukunft gibt – und in der Vergangenheit, sinnierte Lion bei dem Anblick.

Es war nicht meine erste Verhaftung. Aber dieser neuen gedachte ich nicht zu folgen. Unter dem Vorwand, meine Habseligkeiten zu packen, begab ich mich in ein entferntes Kabinett und legte hier Hand an mich, durchaus entschlossen und sogar hartnäckig. Allein ich war ungeschickt. Ich wurde in hilflosem Zustande entdeckt, man rief Ärzte, die alles taten, um meine Existenz, die ich hatte loswerden wollen, kunstgerecht zu bewahren. Seitdem besuchen mich diese Gelehrten, die Doktoren Bradin und Beaudouin, täglich, auch der hoch angesehene Chirurg Doktor Dessault beehrt mich, aus reinem Interesse an der Erhaltung eines bedeutenden Autors, wie er mich wissen lässt, und jedenfalls ohne einer Bezahlung zu gedenken. Diese Herren sind entzückt von den Fortschritten, die ihre Kunst bereits an mir erzielt hat, und ich hüte mich höflicherweise, ihnen ihre Illusion vorzeitig zu nehmen.

Aber ich weiß es besser als sie. Es ist mein letztes Jahr, das beginnt.

»Wirklich, Bruno! Sollen wir nicht lieber von etwas Schönerem erzählen? Quäl dich doch in deinen letzten Tagen nicht so. – Müssen sich denn selbst die allerletzten Gedanken noch um ein Manuskript drehen, in dem es wieder ums Verschweigen geht?«

»Gerade ums Verschweigen soll es diesmal nicht gehen, meine Liebe. Schreibe einfach weiter mit mir Chamforts Tod zu Ende. Manchmal muss man im Schatten ansetzen, um im Licht anzukommen, meine Liebe. – Du wirst sehen, es wird sich alles ganz prächtig fügen, denn vom Hang aus sieht jedes Tal schön aus. – Nur, lass es für heute genug Arbeit gewesen sein. Mir flimmert es schon wieder grell vor den Augen.«

Die Villa stand an einem Hang, der sich allmählich im Meer verlor, das von hier oben fast wie der Comer See aussah, still, gelassen, von der Sonne beschienen – die Idylle ihres ersten Fluchtpunktes; was war ihr Mann neunzehnhundertdreiunddreißig doch vorausschauend gewesen, die Heimat mit ihr am Tag nach dem Reichstagsbrand zu verlassen! Als sie ihn, der Schlafmittel genommen hatte, weckte, um ihm von den Ereignissen zu erzählen, da hatte er – noch schlaftrunken – gemeint, das seien nicht die Kommunisten gewesen, das hätten die Nazis selbst gemacht. Und Recht hatte er behalten; Elisabeth stand gern am niedrigen Zaun des Anwesens ihrer so treuen Freunde. Die Feuchtwangers, wie seltsam war es doch, sich den Tod ins Haus zu holen und über ihn kein wenig erschrocken zu sein. Sie drehte sich halb um und sah zu ihrem Mann, der auf der Terrasse im Schatten mehr lag als saß, eine Hand offen auf der Brust, die andere hinter dem Kopf. Es war seine Lieblingshaltung beim Ruhen, wusste Elisabeth, und all seine Protagonisten, hatten die Kritiker geschrieben, nahmen sie in entscheidenden Momenten vor wichtigen Taten ein. Dieses Zaudern der Helden fand sich als gespiegelter Blick oder eben als jene Ruhestellung in all seinen Büchern: *Die Nachtwache*, *Die Fürstin*, *Tage des Königs*, *Trenck – Roman eines Günstlings*, *Cervantes*, *Der Reisepass*, *Politische Novelle*, *Die Tochter*; welcher dieser Romane würde wohl bleiben?

Am ehesten wohl *Cervantes*, der Weltbestseller ihres zu bescheidenen Ehemannes. Wahrlich, Ruhmsucht hatte nie zu seinen Lastern gehört, die hatte er seinem ›Zauberer‹ überlassen.

War ihr Bruno nicht wirklich der einzige Kollege, den der große Thomas Mann hatte Zeit seines Lebens um sich dulden können? Ihr Bruno, sie wusste es, hatte an den großen Werken Thomas Manns mitgeschrieben: während der vielen privaten Vorleseabende, in Form unendlicher Berufsgespräche einer fast vierzigjährigen Freundschaft oder während des einen oder anderen stillen Lektorats. Und einiges, was Bruno passiert war, war in die Mann'schen Romane eingeflossen, doch niemals hatten die beiden Männer darüber ein Wort verloren. Bruno hatte die stille Teilhaberschaft genügt, und Thomas war missmutig über sie hinweggegangen – doch was blieb vom eigenständigen Werk ihres Mannes?

Der *Cervantes*, wirklich nur der *Cervantes*? Oder die *Politische Novelle*? Oder *Trenck – Roman eines Günstlings*. Oder am

Ende doch nur das Drehbuch zum Film *Der Glöckner von Notre Dame* mit Anthony Quinn in der Hauptrolle?

Immerhin lagen die Tage hinter ihnen, in denen ein deutschsprachiger Schriftsteller nur existierte, wenn er übersetzt war. So weit also hatte es das Naziregime gebracht, dass die deutsche Literatur wirklich fast ausgestorben wäre. Die Fackel der deutschsprachigen Literatur, frei von Schutzstaffelrunen, war in der Fremde von einigen wenigen weitergetragen worden, eisern und unter Qualen: Brecht mit der Seghers in Mexiko und Russland, die Manns hier in den USA, zusammen mit Feuchtwanger, Hesse, dem unermüdlichen Marcuse – und sicherlich ein wenig auch von ihrem eigenen Mann. Bruno Sebald Frank. Sie alle hatten es sich auferlegt, einen reinen Stil zu bewahren. Die Form mit der Flucht zu retten, das war das Fundament der Exilschriftsteller gewesen, denen die Leser ausgegangen waren: nichts weiter als die literarische und freie Sprache der Deutschen zu beschützen und zu nähren: zu erhalten auch mit dem eigenen Leben: gegen die in Ausrufesätzen der Kriegspropaganda gefangene Heimatlandsprache.

Elisabeth lächelte versonnen, jetzt könnte sie weitergegeben werden, diese Fackel, doch wem anvertrauen?

Konnte es eine neue Autorengeneration überhaupt dort geben, wo es gar nichts mehr gab an Freiheit, Brüderlichkeit, Menschlichkeit? Die große Französische Revolution – Chamforts Erbe – war nicht umsonst gewesen und auch das Elend der Exilschriftsteller – Bruno Franks Kampf – war nicht vergeblich.

Man kann Bücher verbrennen, sogar Schriftsteller, aber niemals die Literatur.

Es muss Gedichte nach Auschwitz geben; es muss einfach
so sein, auch wenn Tantalusqualen zu erleiden sind. Und
begriffen hatten das sogar Junkies wie Johannes R. Becher
und Hans Fallada. Elisabeth nahm den Blick von ihrem sterbenden Mann und sah wieder aufs seeähnliche Meer vor
Kalifornien: kein Prometheus am Himmel? Er wird sich
doch nicht verspäten?

Denn ich schreibe in der Sylvesternacht, auf der Schwelle
zum Jahre siebzehnhundertvierundneunzig. Aus meinem
Arbeitszimmer im ersten Stockwerk blicke ich in die Rue
Neuve des Petits Champs hinaus. Der Tisch, an dem ich
schreibe – in gezwungener und komplizierter Haltung, denn
meine beschädigten Gliedmaßen schmerzen beinahe in jeder –, steht zwischen den beiden Fenstern, von denen die
blauen Ripsvorhänge zurückgezogen sind. Draußen hängt
in der Höhe meines Gesichts an einem Strick, der quer über
die Straße gespannt ist, eine Öllaterne, die in der windigen
Nacht, von leichten Schneeflocken umstöbert, fortwährend
leise schwankt. Auf diese Weise erkenne ich ihr Licht nur
als einen mondig milchigen Schimmer, was überhaupt kein
Wunder ist, da ich nur noch ein Auge besitze.

Auf meinem Schreibtisch, einem hübschen, geschweif-
ten Stück, was wie beinahe mein gesamtes Mobiliar zum
Eigentum der Nationalbibliothek gehört und aus der frühen Zeit des vorletzten Königs stammen muss, brennen
drei Kerzen. Aber sie genügen unter den Umständen kaum,
das Blatt vorr mir befriedigend zu erhellen. Ich bemerkte
soeben, dass ich diese letzte Zeile hier über die vorletzte
geschrieben habe, sodass ein schwer leserliches Gesudel
entstanden ist, und ich besser beide kopiere. Ich habe schon

einen ganz hübschen Vorgeschmack von der Dunkelheit, die mich, meinen Ärzten zum Trotz, in der Nähe erwartet.

Bei den blauen Ripsvorhängen war seine Frau stutzig geworden, sie hatte kurz mit dem Schreiben aufgehört, so wie Bruno es sich von Herzen gewünscht hatte. Er hatte sie genau beobachtet, dann aber doch weggesehen, als sie aufschaute. Sie hatte es also nicht vergessen, nichts hatte sie vergessen, genau wie er selbst. Wie könnte er auch!

Bruno schloss für einen Moment die Augen, sich fragend, ob es überhaupt einen Menschen gab, der den ersten Kuss mit seiner großen Liebe vergessen hatte.

Verdrängt vielleicht, aber vergessen?

»Also wieder ein Augenkranker«, sagte Elisabeth stattdessen: »Wie in deiner allerersten Erzählung. Und wieder ein dunkles Zimmer. Dann wird ja bald ein Mädchen auftauchen, das grob verletzt wird vom einsamen Künstler.«

Bruno lächelte still, erbat sich die zwei Seiten beschriebenes Papier, las sie und deutete auf den einzigen Schreibfehler. Da also war sie ein wenig unkonzentriert gewesen, da also waren ihr die blauen Ripsvorhänge in die Erinnerung geweht. Er sah ihr zu, wie sie aus dem kleinen n schnell ein kleines r machte, ehe er sagte: »Nein, diesmal wird die Menschlichkeit siegen, nicht die Kunst wie *Im dunklen Zimmer*. Wo die Kunst über das Leben triumphiert, da triumphiert eben immer auch der Tod. – Um die Mona Lisa erschaffen zu können, musste die Mona Lisa gestorben sein. Das Geheimnis der Mona Lisa ist, dass uns auf dem Bild eine Tote anschaut, als wäre sie lebendig. So sehen die Toten uns an, darum fasziniert uns das Gemälde.«

Auch von der Stille, die nach so viel Gerede, Gelächter und Deklamation mich umgeben wird, gibt diese Neujahrsnacht einen Vorschuss. Wiewohl das Gehör zu jenen Funktionen meines Leibes zählt, die intakt geblieben sind, vernehme ich nichts. Unten auf der Straße im Flockenfall scheint sich kein Mensch zu bewegen. Und hinter meinem Rücken weiß ich die weiten, tiefen Räume der Bibliothek, wo im Dunkel Hunderttausende von Bänden auf ihren Regalen gereiht stehen, Meile um Meile davon, das zu Milliarden Lettern schwarz geronnene Herzblut derer, die ihre gierig wimmelnden, stolpernden Menschengenossen haben aufhorchen machen, zur Besinnung bringen und anleiten wollen.

Der Wurm wandelt dort bohrend von einem ledernen Einbanddeckel zum anderen, der Buchskorpion, Chiridium Museorum, langsam wie der menschliche Fortschritt, und erliegt mitten auf seiner unwissenden Wanderung, im dritten Jahr des ›Peloponnesischen Kriegs‹ oder vorm Eintritt in das Paradiso des Dante. Lärmte das Nagen und Raspeln dieser Würmer zusammen in eins, es müsste kreischen wie das Geräusch der Säge. Aber sie sind weit voneinander entfernt, jeder bohrt ganz allein. So höre ich nichts.

Etwas anderes vermag ich zu hören, wenn ich meinen Atem anhalte: ein zartes Schnaufen, ein diskretes Schnarchen genau gesagt, aus jenem abgelegenen Kabinett, darin ich vor sieben Wochen meine hartnäckigen Versuche angestellt habe. Ich ahne es eigentlich mehr als dass ich es höre. Aber ich ahne es gern.

Sechzehn Jahre war sie alt gewesen, als Bruno sie zum ersten Mal sah. Er selbst war da bereits zweiunddreißig, getränkt mit den Erfahrungen eines waschechten Casanovas. Bruno Frank versank für einen Moment schweigend in seiner glücklichen Jugend.

Was waren ihm Frauen und Mädchen vor Elisabeth doch kaum mehr als Ausflugshäfen gewesen. Immer waren sie ja für ihn offen und frei gewesen, dem schönen Verträumten, dem reichen Bankierssohn, dem jugendlichen Mann, dem charmant Wartenden, der jene so nervös machte, bis sie ihrerseits nicht länger warten konnten.

Und vor Elisabeth war es im thüringischen Haubinda nur die Frau des Lehrers Lessing gewesen, die ihm mehr als ein Ausflugshafen gewesen war: eine ganze Hafenstadt.

Mit dieser Älteren war er sogar getürmt – selbst erst sechzehnjährig, sie eine Adlige aus dem alten Kaisergeschlecht –; mochte es sein, Bruno Frank lächelte in sich hinein, vielleicht war er zu früh in die frühlingshaften Ausflugshäfen gekommen, denn das war seine Erfahrung geworden, die sich stets in seinen Büchern spiegelte: War ein schöner und junger Mensch schon anziehend, so wurde er unwiderstehlich, wenn er sich abwartend gab. Bruno war überzeugt, auch Casanova hatte diese Haltung vor den vielen Schlafzimmern gezeigt, ehe das Schafsfell dann in den Zimmern wie von selbst vom Wolf abfiel. Einem Dienenden flogen Herzen zu, einem Sanftmütigen, einem Demütigen, solch einem konnte selbst die stolzeste Fürstin nicht widerstehen. Er hatte es ja erleben dürfen.

Bruno räusperte sich, sagte sich, dass ein Casanova nicht zur Hauptfigur tauge, genauso wenig wie er selbst, dass er aber mit Chamfort einen Menschen gefunden hatte, der zwiespältig genug war, der Extreme in sich vereinigte, der somit literarisch war: ein Moralist und Menschenfeind. Ein Zyniker im besten Sinne und ein armer Trottel. Voller intuitiver Intelligenz, an der er nur scheitern konnte. Und ausgerechnet er selbst, der Frauenfreund, er würde nun einen Roman über einen Frauenfeind zum Abschluss bringen. War das die viel gerühmte Altersweisheit, von der die Diva Dietrich neulich noch gesungen hatte? ›Und ist der Ruf erst ruiniert, so lebt es sich ganz ungeniert.‹

Und ist erst einmal alles ruiniert, so krepiert es sich ganz ungeniert, dachte der Sterbende, Wahrheit ist der Teil des Ganzen, den niemand gern hört. Der Glaube an sie bringt Menschenhasser hervor, darum ist Chamfort zuerst auch als Schriftsteller gescheitert. Ihm fehlte die Formel für großartige Literatur: täuschend echt. – Täuschend wahr ist immer nur die wirkliche Lüge, inbrünstig aufgeschrieben aus Überzeugung. Wer seinen eigenen Lügen wahrhaft glaubt, der bringt grandiose Literatur hervor. Wer nicht mehr weiß, dass er lügt, der erzählt Wahres.

»So lass uns noch eine Seite für heute versuchen«, sagte er zu Elisabeth.

Sie nickte, sie schraubte den Füllfederhalter auf. Er war ein Geschenk des englischen Königs, Edward der Achte.

Der da so verhalten schnarcht, ist der Gendarm Louis Le Courcheux, ein mir von Gerichts wegen in die Wohnung gelegter Aufseher, den ich bis zum Betrag von drei Franken täglich selbst zu erhalten habe. Es könnte überflüssig erscheinen, dass man einem Mann, der kaum mehr sieht und dessen Glieder ihm vielfach den Dienst versagen, einen ständigen Aufpasser beigibt. Aber ich bin weit entfernt, mich in meinem Fall zu beklagen. Denn der Gendarm Le Coucheux ist mir, statt eines Büttels, vielmehr ein dienender Gefährte und Helfer geworden.

Er ist ein Mann um die vierzig, appetitlich in seiner Person und stets delikat rasiert, der in seiner Kleidung so wenig Amtliches zeigt, als ihm nur irgend erlaubt scheint. Sein Betragen ist still und sanft, von nie durchbrochener, sogar etwas umständlicher Höflichkeit, und er erinnert an nichts so sehr als an einen vertrauten Kammerdiener in einem verschwundenen Adelshause. Er steht jetzt im Dienst der Republik und profitiert zu seinem bescheidenen Teil von den veränderten Umständen. Aber ich muss es ihm öfters verweisen, dass er mich durchaus nicht ›Bürger‹, nach der herrschenden Vorschrift, sondern unter Anwendung der dritten Person ›Monsieur‹ und mit Vorliebe Monsieur de Chamfort nennt. Ich verweise ihm das, nicht weil ich durchaus ›Bürger‹ geheißen sein möchte, sondern weil mir das Adelsprädikat nicht zukommt, mir auch nie zugekommen ist, und weil meine Empfindlichkeit, sogar in solch untergeordneten Dingen, gegen jede Art von blauem Dunst und Mogelei mechanisch reagiert. Reine Sache der Nerven. Als ob es nicht vor der Türe zum Nichts dreifach gleichgültig wäre, ob jemand mit Vicomte, Marquis, Bürger oder Schweinehund angeredet wird.

So finden wir wieder Brunos typischen dramatischen Aufbau, dachte seine Frau beim Schreiben, der Diener, der herrschen soll und dies nicht kann, der Herr, der in sich selbst gefangen der Umwelt gegenüber nachlässig ist, entweder aus Liebe zu einer Frau oder aus Liebe zur Kunst. Es sind immer wieder die gleichen Aufbauten, sofern es mal nicht um den alten Fritz geht. Wessen Herr ist der Herr ein Herr und wessen Hund ist der Hund ein Hund? Ein Spiegelatelier voller Don Quijotes und Sancho Panzas, darin bist du also sogar noch als Sterbender gefangen, Bruno, ältester Sohn eines berühmten Stuttgarter Bankiers, Spielsüchtiger, der das Hungern auszuhalten lernte, ein Herr, der nie befahl, ein Knecht, der nie gehorchte; ein Schriftsteller eben.

Jedenfalls, ich könnte mir keinen angenehmeren Lebens- oder Ablebensgefährten wünschen als Luis Le Courcheux. Ob er Befugnis dazu besitzt, weiß ich nicht; aber er hat sich erboten, mich auf Ausgängen durch Paris zu begleiten. Miete ich unten an der Ecke der Rue de Richelieu eine der altersmorschen Sänften, die da noch bereitstehen, so wandert er neben den tragenden Savoyarden her und macht sie auf Unebenheiten des Pflasters aufmerksam. Und so erscheine ich, tappend und brüchig, mitunter im Zirkel der Freunde, die mir geblieben sind, und verbringe eine belebte Abendstunde mit verständigen Männern, ein Vergnügen, das ich seit jeher geliebt habe, und eines der wenigen, die ich mit meinem bevorstehenden Eintritt in das endgültige Schweigen ungern aufgebe.

Mein Gendarm ist verheiratet. Auf einem unserer Gänge durch Paris gelangten wir, ob durch Zufall oder auch nicht, in die unmittelbare Nähe seiner Wohnung, Rue Jean de l'Église, und er bat mich um die Ehre, bei ihm einzutreten. Ich hatte den Eindruck, dass wir erwartet wurden. Seine Frau, eine hübsche, füllige Picardin, von dem halbspanischen Typus, der in jener Nordprovinz auffallenderweise angetroffen wird, hielt einen Imbiss bereit. Er wurde uns von seiner Nichte aufgetragen, einem reizenden, sechzehnjährigen Geschöpf von zugleich engelhaftem und aufgewecktem Wesen.

»Bruno! Muss das denn schon wieder sein?«

»Ja, meine Liebe. Es muss sein. Auch diesmal.«

»Nur weil du selbst von dieser Lehrergattin verführt worden bist, als du sechzehn warst, nur weil du mich verführt hast, als ich sechzehn war, nur weil in deinen ersten Texten, *Im dunklen Zimmer*, *Die Nachtwache*, *Die Fürstin*, ich rede gar nicht erst von deinen Novellen und Gedichten, nur weil immer alle sechzehn sind, wenn sie verführt werden, musst du doch nicht auch in deinem letzten Werk …«

»Bitte, Elisabeth, echauffiere dich nicht. Die kleine Nichte wird ja schon in den nächsten Tagen siebzehn!«

»Witzig. – Ich meine es durchaus ernst, ich weiß doch, worauf das hinausläuft, Bruno.«

»Worauf denn?«

»Das weißt du ganz gut selbst.«

»Nun lass mir doch ein letztes Mal dieses unschuldige Vergnügen. – Sechzehn Jahre, das ist Verheißung, pures Versprechen, das ist Glut ohne Brennen. Das ist die Freiheit der Liebe, nicht ihr Alltag.«

»Immer betonst du das nichtautobiografische Schreiben, und was ist in Wirklichkeit? In jedem Text von dir finde ich mich wieder – als Abbild derer, die ich einmal war – Bruno, das ist für eine erwachsene Frau nicht sehr charmant, wenn ihr Mann in ihr nur immer die Vergangenheit sieht.«

»Da gebe ich dir recht! – Unumwunden! – Und zum Glück trifft das auf mich ja nicht zu. – Als Mann sehe ich dich jetzt, nur eben als Künstler bin ich ein anderer.«

»Wenn ich dir nur glauben könnte.«

»Du kannst einem Literat alles glauben, es passiert dir nichts, wenn du ihm alles glaubst.«

Diese Nichte, Denise geheißen, Brudertochter ...

»Nicht auch noch Denise! Das ist gemein.«

Diese Nichte, Denise geheißen, Brudertochter meines Gendarmen und Waise, hatte ihre ...

»Eine Waise! Natürlich, wie praktisch!«

»Elisabeth, bitte!«

Diese Nichte, Denise geheißen, Brudertochter meines Gendarmen und Waise, hatte ihre Erziehung bei den ›Dames La Congrégation‹ im Faubourg Saint-Marcel genossen und war erst kürzlich, nach Aufhebung der Klöster, zu ihren Verwandten zurückgekehrt. Ihr Onkel veranlasste sie, mir ihre Schulhefte vorzuweisen, was sie auch sogleich mit anmutig bemänteltem Stolz tat. Ich sah die klarste und rundeste Handschrift der Welt, Kennzeichen eines natürlichen Geschmacks und einer ebenmäßig entwickelten Intelligenz.

Unter liebevollem Kopfnicken gegen das Mädchen hin bemerkte mein Gendarm, dass die Äbtissin oder Vorsteherin jener Erziehungsanstalt alle ihre Berichte und Memoranden an die geistlichen Oberen der jungen Denise in die Feder diktiert habe, gewiss nicht nur in Würdigung ihrer Kalligraphie, sondern auch im Vertrauen auf ihre Verschwiegenheit.

Dem allen lag eine Absicht zugrunde. Le Courcheux musste bemerkt haben, wie sehr schon beim Abfassen kurzer Briefe mich mein Körperzustand behinderte, und er bot mir seine schön schreibende Nichte als Amanuensis an, ausdrücklich ohne Entgelt. Aus der Manier, in der er dies tat, sprach ein so hoher Respekt vor der Literatur als Beruf, dass ich schmerzhaft, ja wie von Reue berührt wurde. Denn mir selbst war dieser Respekt in meiner Laufbahn völlig abhanden gekommen. Oder wenigstens glaubte ich das.

Diese Sätze, sicherlich, gehörten in die Stimme Chamforts, aber sprach hier vielleicht nicht doch der Erzähler selbst? Bruno Frank hielt mitten im Absatz inne, der ihm vor Augen stand, und fügte sich der Bitte seiner Frau, das Erzählen für einen Moment zu beenden. Er sah sie seufzend aufstehen und in der Villa verschwinden, während er an das Jahr neunzehnhundertelf dachte, als ihm nacheinander zwei Freundinnen gestorben waren, die er geliebt hatte. Im gleichen Jahr hatte er seine Dissertation endlich abgeschlossen, er hatte einen Novellenwettbewerb gewonnen, er hatte seinen ersten Novellenband veröffentlicht – und er hatte die Bekanntschaft mit dem einen Menschen gemacht, den er über alles bewunderte. Thomas Mann war ihm zum Idol geworden, Fundament einer fünfunddreißigjährigen Freundschaft, und wie stolz er zehn Jahre später gewesen war, als er das berühmte *Walpurgisnachtkapitel* des *Zauberbergs* redigieren durfte, und wie erschüttert, weil es den Tod seiner amerikanischen Geliebten widerspiegelte und seinen eigenen Schmerz. Hätte es ohne ihn den Roman *Der Zauberberg* überhaupt geben können? Bruno Frank stellte sich diese eitle Frage tatsächlich zum ersten Mal, sie überraschte ihn, doch war sie nicht auch allzu menschlich? Fragte man sich auf der Schwelle zum Tod nicht anständigerweise, was man der Welt hinterließ – und was man hätte hinterlassen können? Er wischte den Gedanken weg, so gut er konnte – war er nicht Ausdruck von Schwäche, von Verfall, von geistiger Ohnmacht? – und dachte wieder an die Schmach seines vierundzwanzigsten Lebensjahres zurück; als wären die Todesfälle seiner beiden Geliebten nicht schon genug gewesen, so hatte er sich, von Spielsucht getrieben, von dem Menschen, den er am meisten bewunderte, eine Geldsumme geliehen, die er nicht zurückzahlen konnte: siebentausend Mark auf Ehrenwort. Es war ihm später so vorgekommen, als hätte er seinen bürgerlichen Helden besudelt. Was für eine Schmach war das gewesen, dem großartigen Thomas Mann mit Ausflüchten unter die Augen treten zu müssen!

Und wie hatte Thomas Mann reagiert? Lächelnd lehnte sich Bruno Frank in seinem Sterbestuhl zurück; noch immer unendlich dankbar.

Das Sterben könnte schwieriger vonstatten gehen, sicherlich. Hier, auf seinem Liegestuhl, der Abendsonne zugewandt, den leichten Chlorgeruch des Pools in der Nase, auf einem einsam gelegenen Grundstück guter Freunde; gleich würde seine Frau mit einer Tasse Pfefferminztee zu ihm kommen, ach, was sollte er sich abmühen mit Angst oder Sorge. Gelassen liefen zwölf Jahre der Flucht aus, am Ende der Exilstrapazen stand also ein Liegestuhl mit Blick auf den stillen Meereshorizont. Warum denn nicht! Hätte er nicht eigentlich Scham verspüren müssen, wo er so friedlich dahinstarb, während in seiner Heimat, in seinem Geburtsland, das Unfassbare stattgefunden hatte? Jetzt waren die ersten Berichte über konzentrierte Lager aufgetaucht. Und nicht nur Berichte: Fotos, Filme der Befreier, Unmengen von Beweisen für das … nein, nicht für das gesamte … für ein Deutsches.

Schreiben, Erzählen, dagegen.

»Hörst du, Elisabeth, hörst du?«

»Wie der Vater mit seinem Kind. Jagt uns der Erlkönig, Bruno?«

»Ich höre ihn nicht.«

Ich dankte ihm höflich. Ich dachte durchaus nicht daran, den Versuchen meines fünfzigjährigen Daseins während meiner kurzen Zusatzfrist noch neue hinzuzufügen. Und am wenigsten kam es mir in den Sinn, über dies Dasein selbst, das ich als wertlos und fruchtlos ansah, als verschwendet, verzettelt, verwirkt und vertan, Aufzeichnungen zu hinterlassen. Ich hatte mich abgefunden damit, achselzuckend es mir bescheinigt, dass nicht ein Vers von mir, keine Seite, nicht einmal die zwei Silben meines Berufnamens meinen verurteilten Leib überdauern würden. Mit dem Stolz des von sich selbst Enttäuschten, der wenigstens dartun will, dass keine Illusion ihn betrügt, hatte ich sogar immer abgelehnt, die Erzeugnisse meiner literarischen Tätigkeit vom Buchhandel vereinigen zu lassen. Dort hinten in den tiefen Räumen der französischen Nationalbibliothek gibt es auf keinem der meilenlangen Regale eine Gesamtausgabe der Werke …

»… Bruno Franks.«

... **der** Werke Chamforts.

»Was für eine traurige Gestalt du dir da wieder ausgesucht hast, Bruno. Cervantes war ja schon ein Geschlagener und ein Geprüfter, der in Nordafrika sogar als Sklave hat leben müssen, bevor er nach Hause kommen und im Gefängnis seiner Geburtsstadt seinen traurigen Ritter erfinden konnte. Aber dieser Chamfort, mein Gott, wenn man es sich nur einmal vorstellt: Da sitzt ein Mann, einsam, als Direktor der größten Bibliothek der Welt inmitten von Büchern und niemand interessiert sich für die Werke, die er selbst verfasst.«

»Traurig, oder?«

»Absolut.«

»Aber auch wenn von seinen Theaterstücken nichts bleibt, eine Sache hat Chamfort unsterblich gemacht. Sein Büchlein der Maxime und Anekdoten wird auch in hundert Jahren noch verlegt werden! Selbst in Berlin und überall. Vielleicht haben ihn ja allein sein Hass und seine Verachtung am Leben gehalten. Er war ja ein Menschenfeind, ein Frauenverächter insbesondere, aber vielleicht hat er auch all die Bücher der Bibliothek um sich herum verachtet, für die er verantwortlich war. Dann, meine Liebe, wäre es ein Glück für ihn gewesen, eine Zufriedenheit, seine Werke nicht unter diesen Büchern zu finden.«

»Das nennt man Melancholie. – Du bist unmöglich, Bruno.«

»Warum?«

»Nach all dem, was wir miterlebt haben. Das Ende des Kaiserreichs, den Ersten Weltkrieg, der Versuch der ersten Republik, Inflation, Flucht, Exil, Zweiter Weltkrieg, das Judenmorden, mein Gott, Bruno, wir haben viel zu viel erlebt! Hätten wir nicht alles Recht der Welt, auch Menschenverächter zu werden?«

»Das, allerdings, dürfen wir niemals zulassen. Unser Glaube an die Menschlichkeit, an die Freiheit des Einzelnen, diesen Glauben dürfen wir uns niemals rauben lassen.«

»Und darum stellst du dir diesen traurigen Chamfort als glücklichen Schriftsteller vor, weil er seine Bücher nicht unter den Zielen seines Spottes und seiner Ironie wiederfindet?«

»Ja, er war bestimmt ein melancholischer Mensch. Melancholie ist das Glück, sich im Unglück glücklich zu fühlen. – Doch weiter, wir wollen doch an meinem achtundfünfzigsten Geburtstag noch wenigstens das erste Kapitel schaffen. – Die Feuchtwangers müssen bald von ihrer Abendgesellschaft zurückkommen. Lass uns die letzten beiden Seiten des ersten Kapitels noch erhalten. – Thomas hat angedeutet, er könne das Anfangskapitel für irgendeine Sache gebrauchen. – Spätestens übermorgen müssen die Seiten abgeschickt sein, wenn er bis dahin nicht selbst zu Besuch gekommen ist.«

»Er hat versprochen, dich noch einmal zu sehen. Er wird kommen, Bruno, auch wenn unser Nobelpreisträger sich so gern unnahbar gibt, er hat einen Narren an dir gefressen und du bist doch nun wirklich der einzige Mensch, dem er vertraut.«

»Genügt das? – Es wäre so schön, wenn ich mich von ihm verabschieden könnte. Wenn ich ihm wirklich so wichtig wäre. Es wäre gut, wenn er käme.«

»Das wird er.«

Aber in diesen Wochen, sehr bald schon nach jenem Abstecher in die Wohnung meines Gendarmen, bin ich wankend geworden. Jemand hat mich wankend gemacht. Jemand ist aufgetreten, ein Freund, hat in das vor mir liegende Dunkel hinausgedeutet und mir in der Ferne ein kleines Licht gewiesen. Nicht völlig werde meine Spur vergehen, versichert der Freund und wiederholt es, höherem Nachdruck zuliebe, noch auf Lateinisch. Einem ganz bestimmten Teil des von mir Erzeugten, den ich selber am geringsten geachtet, unpubliziert im Winkel abgelegt und beinahe vergessen hatte, gerade diesem spricht seine biedere Stimme ›Unvergänglichkeit‹ zu.

Er ist nicht der erste beste, dieser Freund. Er ist kein Schwärmer, kein Plauderer, und seinem Urteil wird Gewicht zuerkannt. Ist er aber auch nur ein wenig im Recht – und ganz erstaunt nahm ich wahr, wie willig die höhnische Resigniertheit meines Herzens seinem Spruch und Zuspruch sich öffnete –, wenn ich wirklich ›non omnis moriar‹, wenn es in einer entfernteren Zukunft Menschen geben wird, die mit den Silben meines Namens einen Begriff verbinden und seinem abgeschiedenen Träger einige Blitze der Erkenntnis und bitteren Erheiterung danken, so verlangt es diese Ungeborenen auch vielleicht, etwas über die brüchige Existenz zu erfahren, aus der diese kurzen Blitze einst gezuckt sind.

Drei oder vier Monate Frist würden zur Abrundung eines gedrängten Lebensberichts wohl genügen. Reißt aber der Faden vorzeitig ab, bricht ein Blutgefäß ein oder rührt sich die Bleikugel, die irgendwo in meinem Kopfe steckt, so bleibt eben von einer durchaus fragmentarischen Existenz ein Fragment mehr zurück und mag sich verlieren.

Beispielmäßiges verlöre sich nicht damit: Mein Dasein ist nicht von der Art gewesen, auf die man die Schuljugend mit erhobenem Finger hinweist.

Ich werde also morgen meinen Gendarmen bitten, seine schlanke Nichte herzubestellen. Ich werde diktierend im Zimmer umherhinken oder dort seitlich in dem kühlen, schwarzen Ledersessel darauf warten, was für Fische aus dem Teich meiner Vergangenheit aufschnellen, um Luft zu schnappen. Die junge Denise wird hier am Tische zwischen den Fenstern sitzen, ich werde auf ihren weißen, gebogenen Nacken schauen, auf das schimmernde Haar darüber, das die Farbe dunkleren Honigs hat, und ein Hauch unschuldiger Jugend wird zu mir herwehen. Es ist köstlich, mit einem unschuldigen, weiblichen Wesen die Atemluft zu teilen. Für solche Freuden habe ich in den Jahren meines eigentlichen Lebens nicht den rechten Sinn gehabt. Es gibt Vorgänge darin, die sich wenig eignen, von einem zarten Geschöpf, das noch kürzlich bei den Dames de La Congrégation zu Hause war, vernommen und aufgezeichnet zu werden. Darum werde ich vor gewissen Strecken meiner Erzählung Denise bitten müssen, die Feder niederzulegen, und werde mich selbst zur Niederschrift bequemen trotz Gliederweh und versagendem Auge.

Zu ritterlich?

Oder unglaubwürdig?

Ein von Frauen Tiefenttäuschten ein Mädchen so beschreiben zu lassen? Immerhin verändert sich ein Mensch im Angesicht des Todes, wer wüsste das nicht besser als er selbst.

Hätte er sich jünger gefühlt, Bruno Frank hätte bei diesem Gedanken verweilt, doch er spürte es mehr als deutlich, auch ihm wurde die Zeit knapp, nicht nur seinem literarischen Helden, sodass er die Bedenken wegwischen musste, um sich zum Kapitelende zu retten.

Beides macht mir eben jetzt wieder zu schaffen. Ich muss an diesen wenigen Seiten eine ganze Weile gekritzelt haben. Der Wind draußen und das Schneetreiben um die sechseckige Laterne haben aufgehört. Ich nehme an, dass wir schon eine Stunde weit in meinem letzten Lebensjahre sind.

Der Übertritt hat sich unmerklich vollzogen. Es gab kein Glockengeläut um Mitternacht, erstens weil jetzt ganz allgemein die Glocken wenig geläutet werden, und sodann weil nach unserer neuen Zeitrechnung diese Nacht überhaupt keine Wende bedeutet.

Ich werfe einen Blick auf den vergleichenden Kalender, der zur Bequemlichkeit Lernstutziger gedruckt worden ist, und stelle fest, dass wir den elften Tag im Monat Nivôse schreiben, dem ›Schneemond‹, dem ein ›Reifmond‹ vorausging und ein ›Regenmond‹ folgt. Wir befinden uns im zweiten Jahr dieser Ära, die mit der Einführung der Republik begonnen hat.

Solch eine Neuordnung zeugt von historischem Selbstgefühl und von Tatsachensinn. Aber ich persönlich fühle mich der Mühe überhoben, mich genauer mit ihr vertraut zu machen, ebenso wie mit den veränderten Gewichten und Maßen, die in der Tat viel praktischer sein sollen als die alten. Denn wie ich auf dieser wirbelnden Kugel nicht mehr viel zu messen und zu wägen habe, so kann es mir auch gleichgültig sein, von welchem Ereignis her dies letzte Jahr meines Daseins gezählt wird, ob vom legendären Erscheinen des sanften Helden, der für die Menschen am

Kreuz geblutet, oder von dem sicherlich verbürgerten Ende des schwerfälligen Fürsten, der, ohne von der Sache viel zu begreifen, die Sünden seiner Vorgänger auf dem Blocke gebüßt hat.

Ich war Zeuge großer Veränderungen, ein von bitteren Leidenschaften bewegter Zeuge, wiewohl nicht von Heldenstatur. Der heftigste Erdenriss und Erdenrutsch neuerer Geschichte verschlingt mich bei wachem Bewusstsein. Und so, zwischen Sterben und Tod, im offenen Grab sitzend gewissermaßen, erstatte ich meinen Bericht.

»Das war es?«

»Das ist das erste Kapitel. – Meine Liebe, wir haben es geschafft! Ich danke dir so.«

»Merkwürdig vertraut kommen mir die letzten Sätze vor, der ganze Abschnitt. Woher kenne ich ihn, Bruno? Ich kenn ihn doch, diesen Abschnitt.«

»Und dir ist er auch vertraut.«

»Wer spricht da, Chamfort am Ende der Monarchie oder Frank am Ende der Diktatur?«

»Es spricht nur einer: Er spricht gleichzeitig am Anfang der Demokratie in Frankreich und der in Deutschland. – Was machen schon die paar Jahrhunderte dazwischen aus, wenn nicht all die Ermordeten wären!«

Lächelnd dämmerte er in sein achtundfünfzigstes Lebensjahr hinein, das nur sieben Tage währen sollte.

Erst als sie ihrem Sterbenden eine Decke überlegte, um ihn mitsamt dem Stuhl in die Villa zu schieben, fiel Elisabeth wieder ein, wo sie die letzten Worte des ersten Kapitels schon gehört hatte. Es war in London gewesen. Der englische König hatte ihrem Mann und ihr zu Ehren mitten im Zweiten Weltkrieg ein Audienzfest gegeben, weil Bruno in dieser Saison der Liebling des englischen Theaterpublikums geworden war, vierhundertzweiunddreißig Aufführungen am Stück. Tag für Tag ausverkauft. *Sturm im Wasserglas* war vom König selbst in höchsten Tönen gelobt worden – und mit jenen Worten hatte Bruno sich bedankt, ein Glas Champagner in der Hand; ganz großbürgerlicher Mann von Welt. Sie lächelte, ganz in Gedanken versunken, und hörte das Murmeln ihres Mannes, neben dem sie saß, erst nicht. Er war aufgeschreckt und blickte sie an.

Er flüsterte: »Noch eine halbe Seite. Nur kurz den Anfang des zweiten Kapitels. Dann ist mir wohler. – So haben wir morgen gleich einen Beginn.«

Und ganz pünktlich steht die schlanke Nichte meines guten Sancho Panza in der Tür, schüchtern, vielleicht verlegen sogar, und doch mit einer Neugierde im Blick, wie sie uns von der Jugend so bekannt ist.

Ein offener Blick, der, ach, alsbald einen ersten Schleier übergestreift bekommen wird, einen Augenschleier der Enttäuschten, der Erwachsenen, der Entwachsenen.

Ich deute ihr den Weg zum schmalen Tisch zwischen den Fenstern, den man mir noch gelassen hat, und setze mich auf den schwarzen Ledersessel, auf einen gewaltigen Schneesturm dieses zweiten Februars blickend. Die sechseckige Laterne ward vor drei Tagen abgerissen, ich stand gerade neben dem blauen Ripsvorhang, zurückgezogen, als das Seil riss und die Laterne gegen die Wand des Hauses Nummer hundertdreiundvierzig schlug.

Das Mädchen sitzt mit geradem Rücken, die rechte Hand auf das Papier gelegt, bereit, ihre so schöne, ihre so vollendete, ihre so unschuldige Handschrift mit meinem düsteren Leben sich verweben zu lassen. Welch unmenschliche Verantwortung.

Ich sage langsam, eher leise, um diese sanfte Denise nicht zu verschrecken, die ersten Sätze meines Berichts: »Als Zyniker – im allerbesten Sinne der Antike –, als der ich in der hellen Luft gelte, wird mir mein Lebensbericht doch allerdings nur rückschreitend vom Sterbetag an glücken, der sich an einem Sonntag ereignet. Die Alten schreiben heimlich den dreizehnten April siebzehnhundertvierundsiebzig, als mir die Freunde Ginguené und Colchen den Spiegel an die leblosen Lippen halten.

Es ist der Morgen, gerade sprechen wir einmal mehr über meine Manuskripte, welch vertane Zeit, und in der ganzen Nacht davor schreie ich vor Schmerzen, weil der Chirurg Dessault, mich nachlässig behandelnd, vergisst, eine Öffnung zu lassen, aus der die mich so quälende Flüssigkeit entweichen könnte.

Ja, so ist es, es ist wahr: Der große und großartige Chamfort, der beste Zyniker der Welt, er stirbt an einer Granulomatose: Als eines seiner Organe vom Druck der Flüssigkeiten gesprengt wird, er sich innerlich überschwemmt – da pisst er sich zu Tode.«

Welch Glockenklänge, die ich nie im Leben hörte, welch verzückender, göttlicher Augenblick, wenn ein hübsches Ding wie die Jungfrau Denise aus voller Kehle lacht.
Solch herrlicher Schauder, der die Haut zusammenzieht.

ZWEITER TEIL

In Frankreich lässt man die Brandstifter in Ruhe,
und verfolgt die, welche die Sturmglocke läuten.
Chamfort.

Doch es ist gar nicht das Auflachen der schlanken Jungfrau Denise, das da einen Sterbenden so aus der Fassung bringt, es war Elisabeths schallendes Lachen, das Bruno Frank aufschreckte und zugleich rührte. Ihm zog sich das Herz zusammen vor Glück, während er sich zu Bett bringen ließ. Die Nacht aber verbrachte er dösend, auf das Aufwachen seiner Frau neben sich wartend, weil ihm Chamforts Geschichte weiter im Kopf spukte, er sie aber seiner körperlichen Hemmnisse wegen nicht aufschreiben konnte. Durfte er es wagen, sie zu wecken?

Dachte man zu oft an erzählte Stellen, die man erst noch aufschreiben wollte, so verloren sie an Kraft, sobald man sie aufschrieb: Wer wüsste es besser als ein Schriftsteller? Man durfte so wenig wie möglich von seinen entstehenden Werken erzählen, um sie mit Leben, Überraschung und Wildheit ausfüllen zu können; Bruno Frank wollte also nicht an seine Arbeit denken und tat nichts anderes, als an sie zu denken.

Bis er Minuten zählte, sich schließlich aus dem Federgrab quälte, bedenklich die Treppe hinunterwankte und sich an den großen, runden Küchentisch der Villa ›Aurora‹ setzte. Ein Glas Wasser vor sich, lauwarm, weil er nicht mehr die Kraft gehabt hatte, an der Spüle zu stehen und zu warten, bis das Leitungswasser kalt geworden wäre.

Während er im Dunkeln saß, dachte er an seinen eigenen Schreibbeginn zurück, um sich abzulenken, um seinen letzten Roman zu retten; welche Wildheit war da doch im Spiel gewesen! Bruno Frank lächelte mild in Erinnerung an die Zeit, als er sich nur bei seinem zweiten Vornamen Sebald hatte anreden lassen.

Der erste Streit mit seinem Vater lag gerade hinter ihm, die Zeitschrift *Neuer Merkur* wollte Gedichte von ihm abdrucken, formfeste, kurze Lyrik, die er seiner Schulfreundin Nora wegen geschrieben hatte, aber sein Vater verweigerte ihm die Erlaubnis, besorgt, der Name der Stuttgarter Bankiersfamilie könnte Schaden nehmen: Doch wo hatten Gedichte je geschadet?

Sebald warf ein Buch quer durchs Zimmer, das mitten im Flug aufblätterte und in der Raummitte jäh landete, geradezu abstürzte. Sicherlich, Lyrik nützte nicht viel, aber sie konnte doch unmöglich schaden! Selbst dem nicht, der nur auf den Erwerb aus war.

Nur weil der Vater ein mächtiger und angesehener Privatbankier in Württemberg war, musste er es doch nicht auch noch werden! Wozu Zahlen, wenn es Worte gab? Wie albern, Geldsummen anzuhäufen, wie jämmerlich im Abglanz eines einzigen wertvollen Satzes!

Als er siebzehnjährig dann doch einen ersten Gedichtband in Heidelberg veröffentlichte, dieser sogar eine zweite Auflage erreichte und von Hermann Hesse mit viel Lob bedacht wurde, da fragte der Vater nur: »Welcher Hesse? – Der aus Hanau?«

Gelobt wurden die Stilsicherheit der Verse, die selbstauferlegte Zucht zur Formvollendung und das Fehlen autobiografischer Inhalte, was für ein Debüt doch erstaunlich sei. Der Gedichtband *Aus der goldenen Schale* huldigte der

Einsamkeit als Hort für große Gedanken und Empfindungen. Diesem Thema widmete er sich wenige Jahre später auch in seinem ersten Prosawerk *Im dunklen Zimmer*, das schon in München erschien. In ihm mokierte er sich über ›die Unart des schnöden Verdienens‹: »Erwerben! Das große und schreckliche Wort schließt alles für sie ein, wovon sie reden, woran sie denken lässt, selbst dann noch, wenn längst keine Not mehr drängt, sondern behaglicher Überfluss vorhanden ist. – Wo steckt aber die Würde im Tun dieser ehrbar aneinandergereihten Geschlechter, die sich ausschließlich dem Erwerben weihen?«

Diese Zeilen schrieb er als Vierzehnjähriger nach dem Streit mit seinem Vater im Dunkeln seines Zimmers, nur von einer Kerze flankiert, die unter einem Papierschirm zitterte; vielleicht auch sie ohnmächtig vor Wut, ohnmächtig und rasend zugleich. Er versteckte diese Zeilen einer Anklage vier Jahre lang vor aller Welt, ehe sie dann zum wichtigen Bestandteil seines ersten Prosawerkes wurden. *Im dunklen Zimmer*, diese unverfrorene Geschichte, in der ein junger Student in einem Zimmer bleiben muss – eine Augenkrankheit auskurierend –, der nur von einem Mädchen besucht wird, das ihn pflegt, bekocht, beschützt, und er weist ihre Liebe zurück, mehr mit dem Abbild der Wirklichkeit beschäftigt als mit der Wirklichkeit selbst. Dem Studenten werden die eigenen Gedanken wichtiger als alles andere, sodass er sich gar nicht mehr krank weiß und sich trotz Blindheit fortbewegt – im Geist: der Sieg der Kunst über die Banalität der Liebe. – Das ihn pflegende und liebende Mädchen wird für die Großartigkeit der Kunst, die nur in der Einsamkeit entstehen könne, gnadenlos geopfert.

Ein Jahr nach dem heftigen Streit mit dem Vater saß der fünfzehnjährige Bankierssohn mit seiner Freundin auf der Stuttgarter Uhlandshöhe, sah hinab in den Kessel, in dem der langgezogene Bahnhof wie eine neue Plombe in einem Eckzahn wirkte, und schaute nachdenklich auf das Gras zu seinen Füßen.

Gerade hatte er aufgehört, Nora Kapp von Gültstein aus den soeben erschienenen *Buddenbrooks* vorzulesen. Wie verstanden sich die beiden Kinder aus der Stuttgarter Oberschicht vom Lübecker fühlten! Immer wieder lachten sie, immer wieder nickten sie sich verschwörerisch zu – und immer wieder lasen sie einzelne Stellen neu. Die Glocken des fernen Karlsgymnasiums läuteten zum Nachmittagsunterricht, aber das hörten die beiden verliebten Freunde nicht. In diesem Moment formulierte Bruno Frank den Satz, der ihn sein ganzes Leben lang begleiten sollte: »Dieser Thomas Mann, das ist ein Zauberer!«

»Warum schreibst du ihm das nicht mal?«, fragte die dreizehnjährige Tochter des Bauingenieurs der gewaltigen Bagdadeisenbahn nach einer Weile.

»Bist du verrückt? – Man kann so einen Menschen doch nicht in seiner kleinen Jämmerlichkeit gegenübertreten!«

Sieben Jahre später wagte er es dennoch, und daraus entwickelte sich eine Männerfreundschaft, die fast vierzig Jahre hielt; über den Ersten Weltkrieg hinweg, über die Flucht vor den Nazis hinweg, über die Schwere des Exils hinweg – bis zum Umstand seines eigenen frühen Sterbens; Bruno Frank lächelte müde.

»Ja, aber du willst doch auch Schriftsteller werden«, fragte Nora ihn damals auf der Uhlandshöhe.

»Wie könnte ich das jetzt noch, da ich dieses Buch in den Händen halte. – Vielleicht werde ich doch lieber Spieler in Monte Carlo.«

Er wurde beides; erst Spieler, dann Schriftsteller, sinnierte Bruno Frank. Damals wussten die beiden frühreifen Kinder noch nicht, dass sie bald getrennt sein würden. Der fünfzehnjährige Bruno war unvorsichtig genug, einen seiner glühenden Liebesbriefe der Post anzuvertrauen.

Dieser Brief wurde von Noras Eltern geöffnet, die beiden befreundeten Familien handelten sofort: Nora wurde in ein englisches Internat verschickt, Bruno rückte Ostern neunzehnhundertzwei ins neu gegründete Landerziehungsheim zu Haubinda in Thüringen ein, das Kindern aus gutsituierten Familien vorbehalten blieb. Es war die erste Liebe, die wieder einmal wegen familiärer Zwänge rabiat getrennt wurde, dachte der alte Bruno Frank. Er hatte Nora nie wiedergesehen, auch nicht, als er zwei Jahre später das Abitur in Stuttgart ablegte, um seine Heimatstadt dann für immer zu verlassen. Was aus ihr wohl geworden war? Hatte sie das Naziregime überlebt?

Damals aber erhoben Nora und er sich im gleichen Moment einer aufkeimenden Liebe, sie verstauten das Buch sorgsam, das der Generation einer bestimmten Bevölkerungsschicht neue Identität gab, und schlenderten Hand in Hand die Uhlandshöhe hinab, um an der Seite der lauten Hauptstraße zum Karlsgymnasium zu kommen, das sich am Fuße der Karlshöhe befand. Bis Ostern waren es nur noch wenige Wochen. Nora und er gingen am Mörikedenkmal vorbei, kamen zum Karlsgymnasium, das sich – idyllisch gelegen – zwischen der Marienkirche, der CD-

Brauerei und der Kneipe ›Zum gefallenen Engel‹ befand, und erreichten als letzte die Lehranstalt. Plötzlich erinnerte Bruno sich, wie er der dreizehnjährigen Freundin hinterhersah, die die Stufen hochstieg, während er selbst im ersten Stock bleiben musste. Damals war ihm, als müsse er ihr auf der Stelle hinterherlaufen.

Was er aber nicht getan hatte.

Nachdem er siebzehnjährig für wenige Wochen noch einmal seine Heimatstadt besuchte, um am renommierten Eberhard-Ludwigs-Gymnasium sein Abitur zu machen, verbrachte er in Württemberg nur noch das darauffolgende Wintersemester neunzehnhundertfünf/sechs, um zu versuchen, in Tübingen zu studieren, was aber vorerst nicht gelang.

Er war der älteste Sohn des Bankiers Sigismund Frank, der ein aufstrebendes Stuttgarter Privatbankhaus führte, welches innerhalb der schwäbischen Landeshauptstadt bald zu den besten Adressen gehören sollte.

Württembergische Privatbanken waren nicht so erfolgreich wie jene in Frankfurt am Main – Rothschild – oder in Köln – Oppenheim –, dafür waren es mehrere, deren Interessen oftmals zusammenwirkten. In Stuttgart selbst hatte die Bank der ›Gebr. Rosenfeld‹ stark an Einfluss gewonnen. Nachdem aber sein Bruder aus der Bank ausgetreten war, übergab Wilhelm Rosenfeld sie seinen beiden Prokuristen Abraham Einstein und Sigismund Frank, der einige Jahre zuvor Lina Rothschild geheiratet hatte. Man residierte erst in der Silberburgstraße – wo Bruno am dreizehnten Juni achtzehnhundertsiebenundachtzig geboren wurde –, später in der Forststraße achtundsechzig.

Zwölf Jahre zuvor hatte ganz in der Nähe – erst in der Hasenbergstraße, dann in der Marienstraße – der französische Dichter Arthur Rimbaud seine beiden deutschen Monate verbracht, ehe es auch ihn hinaus in die nahe Ferne der Welt zog. Machte es einem die schwäbische Hauptstadt so leicht, sie loszulassen? Bruno wusste, dass er ein untypischer Schwabe war, weil er nie versucht hatte, seinen Geist hinaus in die Welt zu tragen, sondern stattdessen die Welt in sich aufgenommen hatte.

Während Arthur Rimbaud wie kein anderer europäischer Dichter die Moderne beeinflusste, musste Bruno Frank sich im gleichen Alter mit seinem Vater herumärgern, doch heute ging dem Sterbenden durch den Kopf, dass Rimbaud das geschafft hatte, was Chamfort immer gewollt hatte: Er hatte die Nachwelt geprägt – ohne das freilich zu wollen.

Unter Sigismund Frank erlebte das Privatbankhaus ›Gebr. Rosenfeld‹ bis zum Ersten Weltkrieg einen ungeheuren Aufschwung. Neben seinem Geburtshaus befand sich das traditionsreiche Brauereiwirtshaus ›Sanwald‹, in dem seit neunzehnhundertdrei das ›Weizenbier Sanwald‹ ausgeschenkt wurde, das – zweifelsfrei – besser als jeder bayrische Rivale gewesen war. Ob das ›Sanwald‹ den Krieg überstanden hatte? Gern stellte er sich vor, wie Privatbankier Sigismund Frank im dortigen Zimmer hinter der Theke zusammen mit anderen Bankdirektoren die wirklich wichtigen Sachen der Landeshauptstadt besprach. Ehe sich der Sterbende über sich selbst ärgerte: Hätte er seine Geschwister und seine Mutter mehr drängen müssen, Deutschland am Tag nach dem Reichstagsbrand ebenfalls zu verlassen? Aber wie hätte das gehen sollen? Er war ja nur der bunte Vogel der Familie, er war ja nur der Verantwortungslose, der Traumtänzer, der Wolkengucker, der – in ihren Augen – viel zu schnell losgelassen hatte. Bruno Frank schüttelte den Kopf, verdammt, er hätte sie einpacken und mitnehmen müssen! Wenigstens die Mutter! Wenigstens sie!

Ein Jahr vor der Brauereieröffnung kam er als schwer verliebter Schüler ins Landerziehungsheim, damit ihm die Liebe ausgetrieben werden konnte, was freilich überhaupt nicht gelang. Er war ein frühreifer Fünfzehnjähriger, er sah blendend aus, er hatte schon den melancholischen Blick und ein sehr gutes Allgemeinwissen, sodass die Mädchen dieses Landerziehungsheims, die gewiss auch keine Klosterschülerinnen waren, ihre Freude an ihm gehabt hatten – solange jedenfalls, bis er dann als Siebzehnjähriger mit der Frau seines Lehrers durchgebrannt war, was zur Folge hatte, dass er wieder nach Hause konnte, um in Stuttgart das Abitur zu machen, ehe der Abschied von der Heimat dann für immer war.

Damals gehörte seine Familie zu den wohlhabendsten der Stadt, neunzehnhundertvierzehn betrug das Vermögen zwei Millionen Mark, das Jahreseinkommen belief sich auf hundertvierzigtausend Mark. Das Bankhaus der ›Gebr. Rosenfeld‹ befand sich in bester Innenstadtlage, in der Kronprinzstraße dreißig. Es war eine schöne Kindheit und Jugend, bis eben zu diesem rabenschwarzen Abschiedstag zu Ostern neunzehnhundertzwei, als – wie seine Mutter immer gesagt hatte – der Ernst des Lebens begann.

Der Bruch mit dem Vater war wohl schon zu jenem Zeit-
punkt nicht mehr zu kitten gewesen, der ihn aber noch
dazu trieb, ›wenigstens Jura‹ zu studieren, wenn er schon
kein Talent für Zahlen habe. Genau ein Semester lang tat
Bruno Frank das in Tübingen, wobei er aber kaum zu den
Vorlesungen ging. Er ließ sich mit einem Freund vom großen Tübinger Geist – Hölderlin, Mörike, Hegel und Schel-
ling – inspirieren. Die Freunde saßen in einer Dachkam-
mer der Grabenstraße nächtelang da und philosophierten,
wenn sie denn nicht die vielen Möglichkeiten zum Feiern
nutzten.

Der endgültige Bruch mit dem Vater, den der Sohn in
den folgenden Jahren auf seine ganz eigene Art bestrafte,
war vorprogrammiert. Er wurde in Monte Carlo tatsächlich Spieler – und Spielsüchtiger –, und das erklärte Ziel
des Zwanzigjährigen war es, das Vermögen des Vaters verschwinden zu lassen.

Das wiederum bescherte Sigismund Frank viele schlaf-
lose Nächte, ehe er dann doch einwilligte, dass sein Sohn
Literaturwissenschaft studieren konnte. Bruno Frank pro-
movierte neunzehnhundertzwölf in Tübingen über die
Dichtungen des Gustav Pfizer, doch dem vorausgegangen
waren harte Jahre der Entbehrungen, der Spielsucht, der
Aufenthalte in Sanatorien und – auch wenn es paradox
schien – der Armut, denn längst hatte der Bankdirektor Sigismund Frank seinem ältesten Sohn den Geldhahn zuge-
dreht. Bruno machte als Student im Kaiserreich, der ständig um die Gunst von Frauen kämpfte und in jungen Jahren
ein großer Verführer war, Schulden über Schulden. Unauf-
haltsam schien diese Spirale den charmanten, gutaussehen-
den Schwaben in die Tiefe zu ziehen – bis zum ersten Juni

neunzehnhundertelf, ein Tag, der zum demütigsten seines ganzen Lebens wurde.

Zwölf Tage vor seinem vierundzwanzigsten Geburtstag wurde nicht irgendein Schuldschein fällig, sondern einer, den sein Idol für ihn ausgestellt hatte. Thomas ›der Zauberer‹ Mann hatte Bruno Frank siebentausend Mark auf Ehrenwort geliehen – und nun konnte der Student aus dem reichen Stuttgarter Bankhaus die Summe nicht zurückzahlen. Telegramme nach Straßburg, nach Stuttgart, nach München waren unbeantwortet geblieben. Er stellte allen Leuten nach, die ihm selbst Geld schuldeten, aber niemand sah sich in der Lage, ihm siebentausend Mark zu überweisen.

Völlig unerwartet verstarb in diesen Tagen auch noch seine Lebensgefährtin Lisa, mit der er sich ein paar Wochen zuvor heftig gestritten hatte. Als reichte dies noch nicht, um Depressionen auszulösen, wurde auch eine seiner besten Freundinnen lungenkrank, die Amerikanerin Emma Ley. Er folgte ihr in den Luftkurort Davos, um sie zu pflegen, doch bald schon reichte sein Geld nicht einmal mehr für das Hotelzimmer. Diese Szene verwendete Thomas Mann später in seinem Jahrhundertwerk *Der Zauberberg*. Es ist das berühmte *Walpurgisnachtkapitel*, dem Bruno Frank und Emma Ley auf so tragische Weise literarisches Modell gestanden hatten, aber wie gern hatte Bruno das getan! Noch als Sterbender erfüllte ihn dieser Umstand mit einem irrwitzigen Stolz.

Thomas Mann hatte er ein Jahr zuvor in München kennengelernt. Bruno war von ihm in sein Haus eingeladen worden und schrieb am ersten März neunzehnhundertzehn an seinen alten Schulfreund, er sei berauscht von der Nähe zu seinem Idol: »Vor einiger Zeit (…) war ich für zwei Tage in München und bei der Gelegenheit bei Herrn Thomas Mann. Er war ausnehmend nett, lud mich zu Tisch und bezeigte soviel Wohlwollen und (…) ›Respect‹, dass mich's wahrhaft kräftigte. Er gefällt mir sehr gut: unauffallend, weltmännisch, outriert bürgerlich bei allem Geschmack, so soll man als Künstler nach außen hin sein. Man hat es nach innen schon uncomfortabel genug.«

Seit diesem Besuch hatte sich über ein Jahr hinweg eine Männerfreundschaft entwickelt, die es aushielt, dass der Zauberer seinem Lehrling eine große Summe Geld borgte, die dieser nun im Mai und Juni neunzehnhundertelf nicht zurückzahlen konnte. Die Angst, es sich mit seinem Idol zu verderben, steckte Bruno damals in den Knochen, und noch heute war ihm bei diesen Gedanken unwohl.

Er ließ nichts unversucht, das Geld aufzutreiben – und wie er es dann doch geschafft hatte: eine verrückte Sache! Jedenfalls gelang es, sodass beide Männer ihr Gesicht wahren konnten.

Und darüber hinaus durfte er selbst sogar Einzug in ein so perfektes Werk wie *Der Zauberberg* halten!

Doch auch aus dem Studenten, der er damals gewesen war, entwickelte sich ›einer der besten Stilisten seiner Zeit‹, wie es damals überall geheißen hatte. Er war bekannt dafür, formsicher Gedichte und Novellen zu verfassen, akkurate Theaterkompositionen abzuliefern, Sätze perfekt zu setzen, der Sprache in seinen Romanen die kleinste Unebenheit abzufeilen, sodass der Zauberer doch eigentlich nur froh sein konnte, in ihm einen bewundernden Sprachmeister zu haben, der sich immer wieder geduldig der Passagen annahm, die Thomas ihm aus unfertigen Arbeiten vortrug.

Man könnte seine Handschrift in dem einen oder anderen Buch von Thomas Mann finden, aber statt darüber auch nur ein Wort zu verlieren, war er über diese Fügungen einfach nur glücklich geblieben. Er hatte ein wenig an den großen Werken mittun können, das reichte ihm noch immer. – Und ganz so schlimm, wie es klang, war es ja nun auch wieder nicht gewesen. – Der Bub aus Stuttgart erreichte ja selbst internationalen Ruf, nur eben hauptsächlich mit Theaterstücken, die für die Unterhaltung geschrieben waren und die als Fleißaufgaben neben seinen Romanen entstanden, an denen ihm immer viel mehr gelegen hatte.

Eine schriftstellerische Laufbahn, für die ihm eigentlich der Ehrgeiz fehlte und die ihm auch erst gelang, nachdem er sich die Hörner abgestoßen und die richtige Frau geheiratet hatte. Elisabeth hatte ihn zur Meisterschaft angespornt; Bruno hatte plötzlich ein großes Verlangen, sie zu sehen, aber durfte er sie wecken? Diese Elisabeth Frank, uneheliche Tochter der berühmten Fritzi Massary, die in jener Zeit die ›Dietrich der Operette‹ gewesen war; voller Sehnsucht rief er: »Liesl? Liesl, bist du wach?«

»Ich komme sofort«, drang ihre Stimme von oben herunter: »Was fehlt dir? Was brauchst du?«

»Nichts. – Dich. – Entschuldige.«

Jetzt, als Sterbender, wurde ihm klar, er hatte die Freundschaft Thomas Manns nicht erringen können, obwohl sie über fünfunddreißig Jahre lang Nachbarn, Kollegen, gegenseitige Berater und ›Rückenfreihalter‹ gewesen waren. Schon vier Jahre nach der Peinlichkeit mit dem Geld war er für Thomas Mann endgültig zu einer Instanz geworden, die dieser in Fragen, die diplomatisches Geschick und Zuverlässigkeit, Diskretion und Rechtsverständnis verlangten, zu Rate zog. Doktor Bruno Frank erledigte Pressetexte und Broschüren, er schrieb Briefe und telefonierte; es waren vielleicht siebentausend Mark, die sich für Thomas Mann voll auszahlten, aber das war Bruno immer egal gewesen. Er hoffte auf das Anklopfen des Zauberers vor der Ankunft jener dunklen Majestät, wie er den Tod nannte. Den Norddeutschen nur noch einmal sehen!

Aus der Tiefe seiner selbst wurde er hinaufgeschleudert und fand sich am Küchentisch wieder: »Wie bitte, Elisabeth?«

»Ob du schon lange wach bist?«, fragte sie ihren schwäbischen Seneca: »Was fehlt dir denn? Warum hast du gerufen?«

»Ich habe an unsere Anfangszeit gedacht, und dann war ich wieder voller Sehnsucht nach dir. – Wie soll ich nur an der anderen Kreuzung dieser Welt ohne dich bestehen?«

»Indem du niemals nachlassen wirst, dich nach mir zu sehnen. Bruno, auch ich werde nicht für immer hierbleiben.«

Er lächelte in ihr Lächeln hinein, ehe er dann wieder ernst wurde: »Wir dürfen unseren Chamfort nicht vergessen, ich bitte dich, etwas zu notieren, das ich später einbauen muss: Freiheit durch Gleichheit, das ist die Losung, die ich der Revolution vor einigen Jahren beigegeben habe, als die Bastille fiel. Doch nun wird mir klar, dass Freiheit die große Unmöglichkeit ist. – Von niemandem abhängig, der Mann seines Herzens, seiner Grundsätze, seiner Gefühle sein: Nichts habe ich seltener gesehen.«

»Jetzt hab ich es aus lauter Panik auf den Küchentisch geschrieben. Die Feuchtwangers werden sich freuen.«

Sie aßen wenig später Marmeladenbrote zum dünnen Kaffee, während Bruno der Schwäche alter Männer unterlegen war und vor sich hin referierte:

Chamforts wahre Ehrenrettung sei jedoch von Deutschland ausgegangen, wo sein selten lyrisches, oft aber leidenschaftlich glühendes Werk die ersten Romantiker fasziniert habe – die außerdem viel für Ironie übriggehabt hätten. Schon am Beginn des neunzehnten Jahrhunderts habe Schlegel von der fragmentarischen Genialität des Moralisten gesprochen, was ihm den Beinamen ›der Chamfortierende‹ eingebracht habe. Schopenhauer nun habe in einer einzigen Anekdote Chamforts mehr Metaphysik als in Hegels ganzer *Phänomenologie des Geistes* gefunden und, in konkreterer Hinsicht, Grundlagen für seine elitäre und pessimistische Moral. Nietzsche habe einen Bruder im Reich der Schrift entdeckt. – Und Bruno Frank selbst einen Kamerad des glücklichen Sterbens.

Denise fortbittend, weil mein Ende so dreckig und lächerlich ist, dass keine Kinderseele es hören sollte, quäle ich mich mit der Schrift nun schon seit vier Nächten und drei Tagen.

Ich habe erwogen, meinem treuen Sancho Panza die Sache zu übergeben, ihn schreiben zu lassen, denn eines muss diesem Tölpel der Revolution doch einmal gesagt sein: Schönschrift ist Hochverrat. Schöngeist ist Konterrevolution.

Monate zuvor, man sperrt mich also ein. Das ›Prison des Madelonnettes‹ – welch klingender Name – ist das dreckigste aller Pariser Gefängnisse.

Es wurde für Diebe und Dirnen gemacht, riesige Fleischerhunde bellen im Hof, als man mich einliefert. Die Neuankömmlinge schlafen auf Treppen und in Fluren, ganz prächtig füllt die Revolution die Kerker mit Revolutionären, während des Königs enthaupteter Leib ein Fest für Würmer ist, denn Unschuld schmeckt nun mal am süßesten.

Wie jedem befiehlt auch mir der Arzt eine Viertelstunde anstrengender Arbeit vor jeder Mahlzeit. Das Essen besteht aus Bohnen und Kartoffeln, man argwöhnt hier, dass das Fleisch von den Leichen der Geköpften stamme, und lässt es liegen. Die Scheiße, dünnflüssig und bisweilen rot, läuft aus den Kloschüsseln, was herrlich das Gift der Pest und Pocken aufblühen lässt. Gereinigt wird diese Luft der Opfer von Denunzianten mit Essig, der auf glühende Schaufeln geschüttet wird. Eben wird ein Gesetz erlassen, wie es sich keine Diktatur hätte besser einfallen lassen können: »Bürger Frankreichs! Neues Gesetz über Verdächtigte: Ab sofort wird die Anzeige zum Wohl der Republik dem Wert eines Beweises gleichgesetzt.«

Das Volk zittert.

Da spüre ich also im dreckigsten aller Lager als Direktor der Nationalbibliothek die Missgunst eines mir fernen Tobiesen Duby, dessen alleiniger Antrieb es ist, meine Stellung zu bekommen. Was er will, das ist mein Direktorenposten. Dafür würde er auch morden – und versucht es sogar.

Ist Neuordnung nur Umverteilung?

Wie soll man sich gegen das Bellen erwehren, wenn man

den Köter nicht sehen kann? Er bellt, ich wäre ein Feind der Republik, weil er meine Stellung will.

Du willst die Frau eines Mannes? So belle!

Du willst das Geld eines Mannes? So belle!

Hätte ich in der Episode von siebzehnhundertneunundachtzig – euphorisch – nur nicht all mein Vermögen und meine Losungen dem hundsgemeinen Volke hingeworfen, so hätte ich jetzt Bestechungsgeld.

Ein aufrechter Revolutionär bin ich noch immer, auch wenn ich im Kerker der Revolution stecke, isoliert in einem Unschuldsgefühl, mich der Wahrheit verweigernd, dass mich die Aufrichtigkeit hierhergebracht hat. Welch Witz! So lacht schon! Der Mahner der Gleichheit erfährt die Tyrannei des Zusammenlebens auf engstem Raum: Wo Platz war für zweihundert Diebe und Dirnen, da ist nun Platz für zehntausend Royalisten, die mir von ihren Paketen abgeben und die mich schützen und betreuen: Nie war die Gleichheit so schön wie in den Kerkern der Gleichmacher.

Wie düster, wenn Freunde den unschuldigen Freund nur in aller Heimlichkeit befreien können, wo doch Worte der Wahrheit erklingen sollten.

Es ist – sicherlich – eine Bagatelle, achtundvierzig Stunden Kerkerhaft abzusitzen, mich aber traumatisiert sie. Ich schwöre mir, mich nie wieder einsperren zu lassen, ich sage: »Nie wieder!«

Und das hat bekanntlich Folgen.

So komme ich unter der Aufsicht meines Gendarmen in die Nummer achtzehn der Rue Neuve des Petits Champs, doch Ruhe bringt das nicht: Es ist nur die Vorhölle eines Exils mitten in der Heimatstadt. Es könnte das Vorparadies einer inneren Emigration sein – stünde sie denn zur Wahl und hätte sie Alternativen.

Schweigen ja, aber nicht verstummen.

Der Köter bellt weiter, Tobiesen Duby zerrt stetig an der Kette und will weiter meinen Platz einnehmen, dabei bin ich ohne Rudel und nicht mehr als ein Bastard mit ausgedachtem Namen.

Er denunziert mich nun öffentlich mit Pamphleten und mit Artikeln in Zeitungen. Ich schlage zurück, schreibe Richtigstellungen en masse, lasse Plakate drucken und kleben, gefangen im Teufelskreis der Rechtfertigungen: »Bürger, kommt in die Bibliothek und überzeugt Euch!«

Es hilft nichts, es kommt niemand, vom Plakat bleibt nur der Satz »Öffnet die Augen und seht!«

Ich lege zum Zeichen meiner Brüderlichkeit – denn was ich predige, das muss ich auch tun! Wer Brüderlichkeit fordert, der muss sich für sie auch opfern! – das Amt des Bibliotheksdirektors nieder, er aber bellt weiter, geschützt vom Schreckensregiment Robespierres, das jede Verteidigung zwingt, die Anklage gegen sich zu rechtfertigen, und ich weiß doch, dass diejenigen, die sich auf lange, schriftliche Rechtfertigungen einlassen, so wirken wie Straßenköter, die die Postkutsche anbellen.

Der, dessen Gleichheitsliebe ständig eine beherrschende Leidenschaft, ein unbezwingbarer und willkürlicher Naturtrieb ist, muss das große und geliebte ›Wir‹ verlassen, um das ›Ich‹ zu verteidigen! Wie kann ich da gewinnen? Man wird mich erneut einsperren – eben nicht, das habe ich mir geschworen.

Die Revolution ist ein entlaufener Hund, und keiner wagt es mehr, ihn einzufangen.

Doch jeder Hund findet am Ende seinen Herrn, in Frankreich heißt er Napoleon.

Zweiundzwanzig Wunden fügte ich mir kürzlich selbst zu – darunter keine einzige tödliche.

Am fünfzehnten November teilt mein Gendarm mir beim Mittagsmahl mit, mein Neider habe gewonnen. Er werde bald meinen Posten als Bibliotheksdirektor übernehmen – und, da er meinen Kopf gefordert habe, würde dieser auch mitgeliefert: Ich müsse zurück hinter Riegel und Schloss.

Ich nicke, löffele die Suppe, esse einige Happen vom Hauptgericht und genieße das Pflaumenkompott. Den Tisch verlassend, weise ich die Haushälterin an, meine nötigsten Sachen zu packen, gebe an, mich fertigmachen zu wollen, und erreiche wohlbehalten den Waschraum. Hier steht mein Schwur unabwendbar im Spiegel, eingemeißelt in meinem Gesicht.

Die Pistole aus dem Versteck setze ich an, denke noch einmal eine meiner besten Maxime und drücke ab; allein – der Rückstoß lenkt die Mündung von der Schläfe zum Auge.

Erstaunt, dass ich lebe, nehme ich das vor mir liegende Rasiermesser, der Augenmatsch läuft aus der Höhle, betäubt vom Schmerz überlege ich mir noch eine andere gute Maxime und schneide mir in die Kehle, den Elfenbeingriff fest in der Hand; jedoch – die Klinge gleitet ab.

Erneut, doch diesmal zudrückend, schlitze ich wieder an meiner Kehle herum, erkennend, dass mir die Würde eines selbst erwählten Todes wohl streitig gemacht werden soll.

Also nehme ich ein zweites Rasiermesser und schneide mir in die Brust, in die Schenkel, in die Waden; aber – nur immer heftig gegen die Außenseite, so treffe ich keine einzige Arterie.

Was ich in diesem schäbigen Moment denke, ist ein Satz meines größten Konkurrenten, dem kleinwüchsigen La Harpe, diesen ehemaligen Freund und Kamerad, diesen Hampelmann, denn meine Maxime sind mir für diesen unwürdigen Augenblick viel zu schade.

Mich in einen Nebenraum einschließend, breche ich schreiend zusammen; endlich – endlich!

An der Tür klopft die Haushälterin zaghaft, ein Blutstrom quillt unter der Tür hindurch; es ist – es ist das Blut Chamforts, der einst vom Volk der Franzosen geliebt und verehrt wurde, von dem Volk, das ihn als Bestie nun zerfleischt. Es ist die Freiheit, die aus dem Volk die Bestie macht, ich muss es eingestehen und schiebe den Riegel der Tür zurück.

Mein Gendarm sagt – tatsächlich –: »Hiergeblieben, mein Herr!«

Er trägt mich zum Bett, die Haushälterin wischt an meinen Wunden herum, doch das Gesetz geht vor. Ein Arzt wird zurückgehalten, ein Sektionskommissar kommt mit seinem Schreiber herein; man – man verhört mich, als wäre ich voller Leben: »Und hernach haben wir besagtem Chamfort nach seinem Namen und Vornamen gefragt. Er war unwillig, weil er Erklärungen abgeben sollte, und antwortete auf die Frage, wer ihn verletzt hat: Ich selbst. – Also er selbst, also Selbstmordversuch, ein zweiundzwanzigmaliger Versuch. – Besagter Chamfort rechtfertigte sich wie folgt (Zitat von ihm.): Weil ich nichts so verabscheue … (unverständlich) … als im Gefängnis zu verfaulen … (unverständlich) … und die natürlichen Bedürfnisse in Gegenwart von dreißig Leuten und zusammen mit ihnen zu befriedigen.«

Wieder einmal beteuere ich meine Unschuld, doch wo ist die Hundemeute, der Unschuld etwas gilt oder Schuld? Ich beteuere einmal mehr meinen Patriotismus und meinen festen Willen, frei zu leben. Das Protokoll lese ich – einäugig und mit einer Kugel im Kopf – sehr sorgfältig. Ich unterschreibe, und man lässt drei Chirurgen vor, allesamt gierig, dem großartigen Chamfort sein schäbiges Leben einzubürsten. Ihre Diagnose lässt aufs nahe Ende hoffen, wenn nur die Schmerzen nicht wären: Nasenscheidewand zerplatzt, einige der zweiundzwanzig Wunden sind sehr tief, der Kehlkopf tritt aus dem aufgerissenen Hals heraus, das Auge ist weg, und da sich die Pistolenkugel nicht finden lässt, verlangen die Chirurgen, der Selbstmörder solle unbewegt liegen bleiben, weil sonst eine tödliche Blutung zu befürchten sei. Und damit habe ich gewonnen: Ich komme nicht zurück hinter Riegel und Schloss der Revolution.
Der Tod befreit.
Sterben kann auch glücklich machen.

Chamfort spricht: »Als Könige und Priester den Selbstmord verdammten, wollten sie die Dauer unserer Sklaverei sichern. Sie wollen uns in ein Gefängnis ohne Ausweg stecken, wie jener Bösewicht bei Dante, der die Gefängnistür des unglücklichen Ugolino zumauern lässt. Da die neue Ordnung der Republik aber die Selbstzerstörung toleriert, stellt sie einen Fortschritt dar.«

Tränen und Schaulustige beehren mich in der Folgezeit, der Zeit der Genesung wider Willen. Zu Madame Ginguené sage ich: »Sie sehen ja, wozu ein Patriot gezwungen ist. Ich bedauere Ihren lieben Mann, ich bedauere Sie. Was mich betrifft, so ist alles gesagt: Ich habe mir nur vorzuwerfen, dass ich zu lange gelebt habe.«

Wehe den Revolutionshelden, die ihre Revolution überleben. Gemeinhin ist man entsetzt von dem, was als mein Gesicht übrig ist, von dem, was ein Nichts ist. Man sagt mir, es ist noch immer mit Blut bedeckt. Ich antworte, die Gendarmen meinen, ich habe danebengeschossen, aber ich fühle deutlich, dass die Kugel im Kopf steckt – dort werden sie nach ihr nicht suchen.

Das kommt dabei heraus, wenn man eine ungeschickte Hand hat, es gelingt einem nichts, nicht einmal, sich umzubringen. Ich schildere den Vielen an meinem Bett erneut, wie ich mir das Auge mit der Kugel durchschoss, wie ich mir die Brust zerfetzte, ohne das Herz zu treffen: »Schließlich habe ich mich an Seneca erinnert, und zu Ehren Senecas wollte ich mir die Pulsadern aufschneiden. Aber er war reich; er konnte über alles wunschgemäß verfügen, er hatte ein schönes warmes Bad, kurz, für ihn war alles bequem: Ich hingegen bin ein armer Teufel, ich habe nichts von alldem: Ich habe mir entsetzlich wehgetan, und ich bin immer noch da; aber ich habe die Kugel im Kopf, das ist die Hauptsache. Ein bisschen früher oder später, das ist der ganze Unterschied. – Ärgerlich ist nur, dass ich gar nicht ins ›Madelonnettes‹ hätte zurück müssen. Man wollte mich in das Gefängnis ›Luxembourg‹ bringen, eines der nobleren. Wenn ich gewusst hätte, dass ich ins ›Luxembourg‹ gebracht werden sollte, hätte ich mich vielleicht nicht umgebracht, aber davon abgesehen habe ich immer das Recht, zu tun, was ich getan habe, denn die Freiheit des Einzelnen geht über das Sterben hinaus. Das ist die Losung von siebzehn zweiundneunzig: ›Freiheit oder Tod!‹«

Ein Paradoxon, ich weiß, denn Freiheit ist nun mal Tod, und Tod ist nun mal Freiheit, was soll da das Oder?

Was kann mir Schlimmeres als der Tod widerfahren?

Es gibt immer eine Aussicht, wenn man wartet.

Um nichts in der Welt hätte ich – der freieste unter den Bürgern – das Ende meiner Biografie einem Henker überlassen.

Nobler als Madame du Barry kann man als Guillotinierter nicht kämpfen. Auf dem Schafott hatte sie gebeten: ›Noch einen Augenblick, Herr Henker.‹

Mit diesem Selbstmordversuch gewinne ich die Macht über mich selbst wieder zurück.

Mit dieser Rache der Freiheit an der Gleichheit gewinne ich das Ich inmitten der Brüderlichkeit zurück.

Es ist die Wiedergeburt des Individuums innerhalb des gesellschaftlichen ›Du‹, ich, es ist das Ich, dass sich den Tod selbst verdankt haben will.

Der Selbstmord als Waffe gegen bürgerliche Diktatur, monarchische, proletarische oder religiöse.

Zuerst richtet man sich als anständiger Literat literarisch zugrunde, dann als wahrhafter Mensch menschlich.

Das Leben ist ein Erbe, das man nicht zurückweist, doch mir hat man es auf illegitime Weise aufgenötigt, als uneheliches Kind, und so habe ich mir das Recht vorbehalten, mich von ihm loszusagen.

Sicherlich, es ist – wie man allgemein sagt – der grausamste und brutalste Selbstmordversuch der Schreckenszeit, die im Namen Robespierres stattfindet, doch man vergisst nicht, wer ihn begeht, um Robespierre zu verhöhnen: der zynischste Revolutionär schlechthin.

Solche Sachen sind es, die man als Todgeweihter so vor sich hindenkt, wird man nicht gerade von seinem treuen Sancho Panza unterbrochen, der im Zimmer steht, Bescheid gebend, mein Chirurg sei zum fünfzigsten Krankenbesuch erschienen – ob ich das Jubiläum feiern wolle? Ich möchte lieber nicht.

Ich falte meinen Sterbensbericht zusammen, schiebe ihn unters Kopfkissen, ehe ich meinem getreuen Bewacher sage, er könne seine reizende Nichte für morgen herbestellen, fortan gehe es um Frauen, um Liebeshass und Hassliebe, um einen Frauenheld, der zum Frauenfeind wurde. Das könne Jungfrau Denise getrost mit roten Ohren notieren.

Zu Lion Feuchtwanger sagte Bruno Frank, während sie auf die Ankunft des Zauberers warteten, jener Chamfort sei auf ewig ein Kultautor für all jene, die gern die Schattenseite der Gefühle und der Geschichte kennenlernen wollen.

»Du meinst, als Zyniker ist er ein Vorbild gerade für die Romantiker?«, fragte Lion erstaunt zurück: »Dann ist er die Antithese zu sich selbst, der Antipode wozu?«

»Chamfort war ein Sokrates ohne Vision. Als Schriftsteller, als der er sich selbst sah, hat er sein ganzes Talent im Gespräch entfaltet. Im Gespräch war er groß, kann ein Schriftsteller grandioser scheitern, als im Gespräch zu triumphieren?«

»Wohl kaum, wenn es keinen notierenden Platon und keinen Alkibiades gibt.«

»Das ist das Große an ihm, dass er uneins mit sich selbst war: Er ist zum erklärten Todfeind der Akademie geworden, nachdem er zwanzig Jahre gebraucht hatte, um dort aufgenommen zu werden. In diesem nichthandelnden Handeln wird er von vielen verstanden. – Ein Sohn, der seinen eigenen Vater nicht kennt, der kann sich nicht mit sich selbst versöhnen, er kennt sich ja nur zur Hälfte.«

»Ein Mann zweier Identitäten. Unehelich geboren als Sohn einer Adligen und eines Domherren, ist er bei geringen Bauern aufgewachsen, dann aber ein Günstling des sechzehnten Ludwig, des Königs von Frankreich, geworden. Er warf seinen bäuerlichen Namen ab und gab sich einen adligen, einen fiktiven. So erfand er sich selbst als de Chamfort, ohne die bäuerlichen Adoptiveltern zu verstoßen. Er behielt deren Nicolas im Namen. Sein ungeliebtes Ich sollte mit der Bastille fallen, so wollte er sich versöhnen, mit sich, in einem großen Wir aus Gleichheit, Freiheit, Brüderlichkeit. – Doch das alles blieb ein Fragment wie sein Schreiben selbst.«

»Wenn es tatsächlich den Unterschied zwischen freien Geistern und Geistern gibt, die nach Freiheit streben, so gibt es eine Art hochzivilisierter Wilder, die sein wollen, ohne etwas zu tun. Die Romantiker unter uns, die der Freiwilligkeit des Handelns misstrauen, lieben gerade diese Aussicht. – Das macht mich ihm zum Bruder im Geiste, Lion, wie ich auch der Bruder von Cervantes im Schreibquälen bin. Und Trencks Bruder. Meine historischen Figuren sind Scheiternde. Auch der Preußenkönig, versehentlich ›der Große‹ genannt. Es ist das Scheitern am Menschsein, mit dem große Geister leben müssen. – Doch letztlich werde ich ihn zum Glück zwingen, es wird ihn überfahren. Das Mädchen Denise wird ihm ein glückliches Sterben bescheren – und somit auch mir.«

»Das ist der Grund, warum du mit Chamforts Worten auf den Lippen sterben willst?«

»Ja. – Einmal soll das Menschsein über einen großen Geist triumphieren.«

»Jetzt nicht mehr, Bruno! Es ist an der Zeit, sich zu erholen. Dir zittert die Unterlippe.«

»Glaubst du, Thomas kommt noch zur rechten Zeit? Es wäre so schön, sich vor der Eiszeit an seiner Kälte zu verbrennen.«

»Er wird es schaffen, oder besser gesagt, du kennst ja unseren Nobelpreisträger, du musst durchhalten, bis er hier ist! Das ist seine Art, dein Leben zu verlängern. – Keine Angst also, du wirst noch schockgefrostet werden.«

Er sah ihm zu, abgleitend in seine eigene Jugend, als er der unbeschwerte Sebald war, der gut gewachsene Schönling aus reichstem Elternhause, so sinnierend sah er ihm zu und schreckte doch auf, wenn Lion eine Wende vollführte und eine nächste Bahn schwamm.

Welche Jungfrau sollte er Chamforts Denise nur zum Vorbild geben, fragte sich Bruno Frank still. Damals kam er fünfzehnjährig nach Haubinda im Thüringischen, wo er sich mit seinem zweiten Vornamen anreden ließ. Er fand sich zu Ostern neunzehnhundertzwei in einem jener Landerziehungsheime wieder, die gerade wie Pilze aus dem Boden schossen. Das in Haubinda war erst vor einem Jahr gegründet worden, es gab noch keine Alteingesessenen und keine Machtstruktur unter den Schülern, alles befand sich im Werden und Aufbau. Zwar waren diese Erziehungsheime als Alternative zu den Paukerschulen des Kaiserreiches gedacht, als alternative Schulformen mit protestantischem Fundament, doch die Wirklichkeit sah zumindest in Haubinda ganz anders aus. Das Heim auf dem Lande war nichts weiter als ein patriarchalisch geführter Gutsherrnhof. Hier verband man Schulalltag mit dem Leben in der Natur, zu dem Heuernten gehörten wie auch Touren zu Fuß oder per Rad durch den Thüringer Wald, nach Jena und in die Rhön.

Sebald war in einer Anstalt, die dem romantischen Geist die Flausen der Lyrik austreiben und den Verliebten fern von der Liebe halten sollte, doch wieder einmal unterschätzte das Alter die Jugend, die seit jeher das Vorrecht besaß, sich ständig und überall aufs Neue verlieben zu können.

Frech lachte Sebald, als er durchs nagelneue Tor schritt, nicht weit weg von Weimar und seinen Buchenwäldern: Christa Spreck, dunkelblondes Haar bis zum unteren Ende der Schulterblätter, wie sie auf dem roten Samtsessel hockte, nackt und das Hinterteil erwartungsvoll ihm entgegengestreckt. Ihr Lächeln, als sie sich ein wenig umdrehte, sein Verlangen sah und seine Hände auf den Hinterbacken spürte.

Diese Christa Spreck, fünfzehn Jahre und voll entwickelt. Sehr gern, an ihren Po erinnerte Bruno Frank sich sehr gern, vielleicht weil der Anblick so unerwartet gewesen war? Als Sebald in ihr hübsches Zimmer kam, hatte sie die Knie schon auf den Armlehnen, sich mit den Händen abstützend, ihn unsicher anschauend, unsicher, aber mit einer ungeheuren Gier im Blick, das konnte er gerade noch wahrnehmen, denn fast sofort blieb sein Blick auf der seidigen Haut ihres Hinterns haften. Der straffe Po wirkte wie ein Magnet, Sebald strich über die Rundungen, drückte Fingerspitzen ins feste Fleisch, streichelte mit kreisenden Bewegungen die Backen, mehr mit den Handtellern als mit den Fingerspitzen, die nur ab und an die Mädchenhaut berührten.

Oberhalb dieses prächtigen Hinterns entfaltete sich eine Gänsehaut, dort, wo die anfälligen, die ungeschützten Nieren saßen. – War Christa Spreck das Vorbild für Chamforts Denise?

Fast eine Stunde tat Sebald nichts weiter, als die Nierengegend zu streicheln, die Innenseiten der gespreizten Schenkel.

Sicherlich, Christa Spreck stöhnte, als Zeichen, er könne sich alles erlauben, doch fast nachlässig glitt er nur sanft mit dem Handrücken über die Schamlippen, deren heiße Feuchte er sofort spürte. Frech grinste der junge Sebald, lächelnd überdehnte er die Hand, Christa Sprecks Scham so streichelnd, dass sie sich der Hand entgegendrückte, sie küsste.

Da erst erlöste Sebald die Unerfahrene von ihrer süßen Qual, drückte sie an den Schultern auf die Sessellehne, umfasste mit der einen Hand eine ihrer Knospenbrüste; Sebalds Ruf, ein erfahrener Jüngling zu sein, ward an diesem Nachmittag begründet.

Ein Ruf, dem schnell alle anderen neunzehn Mädchen der Besserungsanstalt für Kinder vornehmer Familien folgen sollten.

Er wurde in aller Heimlichkeit ein Lehrer des Erziehungsheims, in dem er selbst lernte. Zu Christa Spreck, ihres herrlichen Hinterns wegen, kehrte er oft zurück. Und sie wusste genau, wie sie ihn am besten empfing. Die Mädchen begannen damit, sich zu überbieten, dem lernenden Lehrer zu gefallen. Hatte er einmal von der Statur der Aphrodite im fernen Florenz geschwärmt, so kam Marilyn Cole schnell auf die Idee, ihn unter einem Vorwand in ihr Internatszimmer zu locken: Gänzlich nackt unter einem Schleier stand sie vor dem Fenster, durch das die Sonne strahlte, der Tür halb zugewandt. Das Becken zur Seite und nach vorn gedrückt, weg vom Betrachter, der zwar ihren Po sah, allerdings schon einen herrlicheren kannte; schweige, Genießer, dachte der junge Sebald und kam auf sie zu.

Ihr Haar kunstvoll zu einem Dutt geknotet, während eine einzige Strähne lose auf ihrer Schulter und ihrem Arm lag, den sie halb erhoben hielt, regungslos dastehend, wahrlich wie eine Grazie in Marmor.

Er wagte eine Zeit lang nicht, ganz zu ihr zu treten, umkreiste sie schließlich doch, die dunkelhaarige Scham der Blondine betrachtend, die aufrechten Brüste, und wieder drückte er Fingerspitzen in Pobacken, bevor er der Regungslosen die Lippen mit der Zunge öffnete, die Zähne und endlich auch die Augen.

Er sank auf die Knie, kam unter den Schleier, den er ihr ließ, und drückte das Gesicht tief in den Duft des Mädchenschoßes. Er umspielte die Brüste, öffnete die Scham mit der

Zunge, und endlich ließ Marilyn Cole ab von ihrer Pose, nahm seinen Kopf in die Hände, bewegte sich, sich ihm hingebend, ihm, der nicht verlangte, ihm, der nichts forderte, der einfach nur schön war und wartete, bis er mit Mädchenlust – tief aus der Mitte kommend – beschenkt wurde. Bescheiden griff er zu.

War Marilyn Cole das bessere Vorbild für die jungfräuliche Denise? Denn Denise musste einen alten Frauenhasser verführen, einen von den Frauen tief enttäuschten, einen mit Narben übersäten Chamfort. Nichts weniger also musste Denise sein als die Hure in der Heiligen.

Wenn sich die Marmorbüste eines antiken Meisters plötzlich hingab, die Scham frei darbot, pulsierend, während das Gesicht noch immer in arglose Unschuld gemeißelt schien, wenn Begehren Mut belohnte, dann war klar, was all die anderen Prinzen falsch gemacht hatten: Dornröschen küsste man nicht auf die Lippen des Gesichts, wenn man sie erwecken wollte; all die jungen Brüste, die er in seinem Internatsleben liebkoste, bis es ihn nach mehr verlangte, bis er seinem Ruf einen Ruhm hinzufügen wollte, für den sich sein Vater hoffentlich schämte – welche jungen Brüste aus dem Leben Sebalds sollten dem sterbenden Bruno Vorbilder für die Brüste von Chamforts Denises werden? Welche Referenz, welche Verehrung voller Hingabe? Ach, welch Sortiment! Der Sterbende begann zu schwelgen; allzu menschlich in der männlichsten aller Schwächen.

Kein Mädchen, das ihm nicht wenigstens die Brüste überlassen hatte, gerade wohl, weil er nicht nachstellte – und ja, weil er schön war, weil er sportlich war, weil er vermögend war, weil er geistreich war und weil er zu Hause diese Nächte mit Nora gehabt hatte.

Ihn hatte keine ältere Frau lehren müssen, merkten die Jungfrauen das? Ganz frech lag Angela Dorian auf einem Kanapee, den rechten Arm neben dem Kopf, die hellblonden Haare schulterlang und wellig, das hübsche Gesicht mit einem eigenartig wissenden Blick; sie begriff schnell, welche großen und weichen Brüste ihr da wuchsen. Sie lagen nackt, bereit angefasst zu werden, geküsst und geliebkost, jung und fest und unbeschreiblich verheißungsvoll – und doch fast nichts gegen die der rothaarigen Karen Christy, die ihr Kleid mitten im Park auf die Hüften fallen ließ, worunter sie nackt war. Von der Seite halbrund, wie Schanzen wirkend, Sebald lachte hysterisch auf vor Erstaunen über die Größe und Feste dieser prächtigen Brüste, zwischen die er seinen Schwanz schob, worüber sich die schöne Karen kindlich amüsierte. Die von Karen Christy, das seien Internatsbrüste, für die Zeus hemmungslos töten würde, vertraute Sebald seinem Schulfreund Walter Benjamin an, und flüsternd: Kein König, der für Karens Brüste keinen Krieg begänne, was wären schon Tote gegen diese Titten!

Aber die der braunhaarigen Sharon Clark waren ganz anders schön, die sie ihm im Keller der Turnhalle zur freien Übung überließ, damit er in ihnen ein Verlangen einpflanzte.

Die blauäugige Dolly Tanaka mit dem tellergroßen Hof der Brustwarzen auf dem Waldweg zum Dorf, die verträumte Lucy Schmidt, die ihn unbedingt hatte malen wollen, ehe sich die Künstlerin für ihr Modell auszog, schüchtern, fahrig und mit ganz steifen Brustspitzen. Die schwarzhaarige Cynthia Hall, die verrucht war, die fast abfällig lächelnd seine

Hand nahm, um sich selbst die Geilheit einzuimpfen. Liv Lindeland, ganz Landei, fast unwillig der Bitte folgend, sich zu zeigen; das reizte ihn noch einmal, wie sie auf dem Teppich saß, mit offener Scham, die Finger unter den Brüsten verschränkt, große Augen, ein ganz kleiner Mund, aus dem wenig später diese spitzen Katzenschreie kamen.

Und endlich auch Eve Meyer, die Tochter des Berliner Milliardärs, die ihn zu sich in ihre Suite bestellte. Die Lippen rot und kunstvoll bemalt, lange Diamantenohrringe, ein hellblaues, durchsichtiges und mit Rüschen besticktes Tuch um die Schultern, die steifen Brüste der Hochmütigen verbarg es aber nicht, auch sie konnte sich seinem Charme, seinem Ruf und seinem Ruhm nicht länger entziehen, bot ihm Wein aus einem Kristallglas an, ehe sie sich hinhockte, das Nehmen gewohnt, und ihm die Hose öffnete; Himmel, was hatte Eve Meyer für eine Kraft in den Lippen und Wangen, dachte Sebald zufrieden, als er gelutscht und gesaugt wurde, fast hätte er aufschreien müssen – wahrlich kein Vorbild für Chamforts Denise!

Letztlich, Sebald spürte es schon, war mehr in ihm, als diesen Mädchen ein Gebieter zu sein. Sie fügten sich seiner Lust, er war jung genug, es auszunutzen, aber heimlich dachte er an mehr.

Vorerst kostete und sättigte er sich an all den vornehmen Mädchen und Damen, die seiner Erziehung bereitwillig folgten, auch wenn sie auf eines immer bestanden: Das hatte er auch später oft erlebt: Gut Erzogene, man konnte den dunkelsten Spaß mit ihnen anstellen, bestanden immer auf die Unantastbarkeit ihrer Frisur.

Mit der noblen Eve Meyer blieb er lange zusammen, sie war ihm mehr als ein flüchtiges Abenteuer wie die anderen Mädchen und Lehrerinnen des Internats, die er alle hatte genießen können und die nun Eve Meyer – ›die Zicke‹ – ehrlich zu beneiden und echt zu hassen begannen: Und das war dann auch Frau Lessing nicht entgangen, der geborenen Gräfin, die vernachlässigt an der Seite des berühmten Philosophen Theodor Lessing, der im Landerziehungsheim lehrte, lebte und dafür noch viel zu jung war.

Und Sebald wusste, als er ihren gebieterischen Blick zum ersten Mal spürte, es war nun endgültig Zeit, von den süßen Gewohnheiten der Kindheit und der Jugend Abschied zu nehmen. Er sehnte sich nach mehr, und dieses Mehr konnte nur Erfüllung durch Hingabe sein.

Vorerst saß er seinem Schulfreund Modell und verstand sich gerade gar nicht gut auf die Tugend der Fischer und Diener. Er belehrte Wilhelm in einem fort, er selbst zähle zur Süße der Kindheit eine unmäßige und unschickliche Begeisterung für die Naturschönheiten, die Götzenanbetungen der geschlechtlichen Keuschheit, die alkoholische und nikotinöse Enthaltsamkeit, den Enthusiasmus für körperliche Abhärtung, sublime Päderastie und kurze Sporthosen. Davon müsse nun Abschied genommen werden. An Stelle dessen solle die Naturschönheit eines Berliner Kaffeehauses treten, besonders zu Stunden gegen den Morgen hin, wenn Tabakrauch, Gerüche von hochprozentigen Getränken und parfümierten Ausdünstungen aus den Achselhöhlen der Dirnen die Gehirne der Männer hellsichtig und wissend machten – eine Atmosphäre, die mehr zu lieben und zu

denken gebe als ein Morgennebel am Fels und auf abend-
überschatteten Vorfrühlingsfeldern: Die beherrschende Gegenwart einer einzigen Frau über eine ganze Gruppe von
Mitschülerinnen und Gelegenheitsaffären zu stellen, das
sei Erlösung, sei Erfüllung, sei vollkommenes Leben. Wilhelm solle das bedenken, doch Wilhelm Speyer modellier-
te seine literarische Hauptfigur eher naturalistisch, indem
er den halbnackten Sebald eindringlich musterte: »Erwin
Gast besaß eine außergewöhnliche körperliche und geistige
Frühreife, als Vierzehnjähriger hatte er erste Gedichte und
erste Aufsätze veröffentlicht, als Fünfzehnjähriger war er
im Gesicht, auf der breiten, stolzgewölbten Brust, an den
kräftigen, schlank in die Höhe strebenden Beinen behaart
wie ein junger Waldgott. Ihm war Askese fremd, er war ein
Frauenheld, der sich nicht um Grundsätze und Ideale kümmerte, nach denen andere lebten, er nahm Mädchen, wo
immer er sie fand. Erwin Gast war ein frühvollendeter, cha-
raktervoller Sechzehnjähriger, der sich schon ganz selbst
gefunden hatte. Seine Gestalt war elegant, die Körperhal-
tung stolz, die Geisteshaltung trotz höflichem Umgang mit
Menschen nie verlierend, das Gesicht blass, die Augen grün
und mit erstaunlich hohen und starken Brauen, die etwas
fleischige Nase hatte einen Ansatz zur Üppigkeit, wie auch
das Kinn, die Hände waren sehr nervös, langgliedrig und
merkwürdig unmodern anmutend – als wären sie das Werk
eines spanischen Malers – dies alles gab ihm den Aspekt
eines jungen Jesuiten, wenn man von diesem Begriff alle
Falschheit und Hinterlist abzog, die man gemeinhin mit
ihm zu verbinden schien.«

Sebald saß dem Freund für seinen Roman nun schon
über eine Stunde lang Modell, von Wilhelm unverwandt

angestarrt, bekleidet nur mit einer Unterhose, denn Kunst verlangte nun mal Opfer, bis die literarische Überzeichnung endlich gefertigt war und er entlassen wurde. Speyers erstes literarisches Werk *Schwermut der Jahrzehnte* erschien aber erst zwanzig Jahre später, da wusste zum Glück niemand mehr, wer das Vorbild für den Haupthelden Erwin Gast gewesen war, und heute noch meinte Bruno Frank, dass er als Sebald sehr klug gehandelt hatte, Wilhelm nie etwas von der Fürstin erzählt zu haben, wie er die blaublütige Lehrersfrau liebkosend genannt hatte, der er in Demut und Liebe verfallen war. Sie war eine geborene Gräfin, verwandt mit dem alten Kaisergeschlecht, geübt im Umgang mit Menschen, und Sebald war sechzehn Jahre alt und glaubte, Natur und Herkunft hätten ihn nur deshalb mit den besten Attributen ausgestattet, damit er Erfüllung im fraglosen Geben finde könnte. Es wäre die Pflicht der Schönheit und des Reichtums, den Dienst an der Menschheit zu versehen.

Sebald hatte ihren Mann und sie zufällig im Buchenwald von Weimar gesehen. Er wanderte mit Walter Benjamin, Wilhelm Speyer und Erich von Mendelssohn durchs Dickicht, als sie den aufstrebenden und kompromisslosen Lehrer Theodor Lessing, der einige offenbar wichtige Bücher über moderne Erziehung veröffentlicht hatte, mit seiner viel jüngeren Frau bei der Hasenjagd sahen. Sebald blieb zurück, versteckt hinter einer Eiche, und beobachtete, wie der Lehrer es nicht fertigbrachte, einem angeschossenen Hasen, den ihm der Jagdhund gebracht hatte, endlich den Garaus zu machen. Der Lehrer zögerte, überhaupt schien es die Idee seiner Frau gewesen zu sein, die mit hohen, dunkelroten Lederstiefeln im Unterholz stand – mit einer engen Reithose und einem Lederjackett bekleidet, das weich wirkte – und ungeduldig war. Schließlich nahm sie ihrem Mann mit einer nachlässigen Geste das Waidmesser aus der Hand, packte den Hasen bei den Ohren und schnitt ihm in einem einzigen Schwung die Kehle durch, ohne groß auf das erlegte Tier zu achten. In diesem Moment überlief Sebald ein angenehmer Schauder, der nichts weniger als sein Leben veränderte. Eine Gänsehaut des Verlangens, eine Sehnsucht nach Unterwerfung; ganz neu für ihn: Der niedrigste Diener in der Hand jener Fürstin zu sein, von einem Augenblick zum anderen sah er seinen Platz vor sich.

Die zwanzig Mädchen des Internats, selbst noch unfertig in ihrem Wollen, die er alle verköstigt hatte, waren nichts im Vergleich mit diese Frau, die zum Herrschen geboren war, wie Sebald meinte: diese geborene Gräfin Stach von Goltzheim.

Endlich einmal nicht geben, endlich einmal einer Bestimmung folgen, und als er wenig später hörte, dass ihr sich so selbstsicher und stolz gebender Ehemann wimmernd und weinend vor ihrer verschlossenen Schlafzimmertür lag, nächtelang bettelnd, da regte sich in dem Sechzehnjährigen ein Demutsdurst, den er bei den Mädchen seines Alters nicht löschen konnte.

Sie war nur fünf Jahre älter als er, alles an ihr war dunkelrot, die Härchen an den Waden, die Schamhaare, die Spitzen der kleinen Brüste, die Lippen, Pupillen und Haare. Ein Lächeln zeigte sie nie, jedenfalls nie ihrem Sebald, an den sie sich schnell gewöhnte, nachdem sie ihn unter den Schülern entdeckt und mitgenommen hatte. Sie brauchte nichts zu sagen, seine Unterwerfung war vom ersten Tag an vollkommen.

Immer wieder sah er sie vor sich, wie sie ohne eine Regung des Mitleids dem Hasen die Kehle durchschnitt, bevor sie das tote Tier ihrem Mann hinwarf, wie einem Hund einen Knochen. Als sie damals im Buchenwald ihren Mann stehenließ, sich umdrehte und verächtlich davonging, sah der junge Sebald ihren Hintern sich im spröden Stoff der engen Reithose wiegen: majestätisch, geradezu. Wie die Pobacken sich damit abwechselten, den Blick herrisch auf sich zu ziehen, das war fürstlich, unerreichbar nicht nur für die Diener, sondern sogar für ihren unwürdigen Ehemann, den berühmten Philosophen. Damals hatte Sebald geflüstert: »Das Hinterland der Fürstin.«

Später wollte er seinen zweiten Roman unter diesem Titel veröffentlichen, aber der Verleger akzeptierte lediglich *Die Fürstin*. Es war die Geschichte eines demütigen, bezirzend schönen Jünglings, der sich aus Mitleid hingab und den Frauen ein Diener wurde, bis er in einem Fischmuseum seine wahre Bestimmung fand: Er wurde ein Diener der niedrigsten Kreaturen, der Fische, die er fortan fütterte. Für sie gab er alles auf.

Erweckungsszene für den Haupthelden mit dem Namen Matthias aber war eben jene Waldszene, die für Sebald so prägend wurde und für die er so dankbar war, auch, als seine goldene Zeit unter der Fürstin, in der er sich zu ihrer Verfügung bereithalten durfte, schon längst angebrochen war.

Er wurde ihre männliche Mätresse und durfte sie doch niemals berühren. Wie dankbar war er ihr, dass er neben ihr sein durfte, ohne angesprochen zu werden. Sie hielt ihn tagelang in ihrem Schlafzimmer, das er auch dann nicht verließ, wenn sie abwesend war. Schließlich ließ sie ihm das Essen ins Zimmer bringen, bewegte sich währenddessen in den Schlafgemächern nackt, unter den demütigen Blicken ihres jungen Sebalds, der nach all den sexuellen Abenteuern diese Zeit des Gehorsams genoss. Er sehnte sich nach weiblicher Missachtung und bekam sie auch.

Er blieb das Häschen in ihrer Hand, bodenlos und starr vor Schreck, und wenn die Fürstin die Lust überkam, hatte er sich mit heruntergelassenen Hosen auf einen Stuhl zu setzen, während sie sich breitbeinig vor ihn stellte, ihm das Gesäß entgegenstreckend, und sich seinen Schwengel selbst einverleibte, mit kräftigen Oberschenkeln genüsslich ausreitend – während er sich selbst die kleinste Geste und das leiseste Geräusch versagte; selbstredend.

Es sollte ihn prägen, und als er fast sechzehn Jahre später die sechzehnjährige Elisabeth traf, da wiederholte sich alles mit umgekehrten Vorzeichen in seiner Einzigartigkeit, nur dass er da bereits vielfältige Erfahrungen gesammelt hatte, mit denen er – vermeintlich devot – seine junge Schönheit lenken konnte. Denn das war die Macht der Diener, dass sie herrschen ließen.

Er hatte von der Fürstin gelernt, Rollen zu spielen. Sie hatte in ihrer Ehe die Rolle der Demütigen gegeben, nachdem sie aber zwei Töchter bekommen hatte, legte sie zum Entsetzen ihres Mannes ihre Textbücher beiseite. Und Theodor Lessing wurde zum wimmernden Hund vor der eigenen Schlafzimmertür, während im Inneren die Fürstin mit ihrem jugendlichen Diener einmal mehr einen Ausritt unternahm.

War das der Grund, warum der Lehrer den unterwürfigen und willigen Jungen an der Seite seiner Frau geduldet und sogar gefördert hatte? Ging die Macht der Fürstin so weit? Eine Frage, die ihn damals noch nicht interessierte und heute nicht mehr sonderlich.

Elisabeth hingegen war ihm dicht auf den Fersen, wenn sie sich heute im Alter mokierte, dass es in seinen Geschichten und Romanen immer wieder sechzehnjährige Mädchen gab, die verführt werden wollten, doch wie konnte er ihr sagen, dass es immer die Sehnsucht nach diesem ersten echten Liebeserlebnis war, die ihn antrieb, das Verlangen, noch einmal einer Fürstin zu begegnen. Schließlich hatte er dieses Verlangen gegen die Verehrung für den Zauberer ausgetauscht. Er war für Thomas Mann immer zu allem bereit gewesen. Freundschaft war Liebe ohne Sex. Er erledigte für ihn, was erledigt werden musste, er setzte seine Diplomatiekunst für ihn ein, sein ganzes großbürgerliches Können bot er auf; und so sehnte er sich auch jetzt, in der Sterbenszeit, nach seiner Anwesenheit. Aber wo blieb er nun? Der Zauberer, dem zugeneigt er auf ein eigenes Werk verzichtet hatte, das er hinterlassen könnte, und dem er auch diesen letzten Roman widmen wollte – wo blieb er nur?

Still im Schlafzimmer sitzend, sah Sebald der Fürstin zu, wie sie sich kämmte, wie sie sich schminkte, wie sie sich auszog, umzog und anzog. Ihre Nacktheit machte ihn selbst nackter, bis er schließlich meinte, ohne Haut zu sein. Jeder ihrer Blicke brannte auf ihm, jede ihrer Nichtberührungen hinterließ eine Narbe der Lust, und selbst wenn er in ihr pulsierte, verbot er sich schweigend die noch so kleinste Regung mit der Hüfte.

Er biss sich auf die blutenden Lippen hinter ihrem glänzenden Rücken, er wartete, bis sie nach seinen Händen griff, um sich die kleinen Brüste pressen zu lassen, er hielt den weißen Saft so lange wie möglich zurück, sich maßlos quälend mit Zahlen und Geschichtsdaten, willens, seiner Fürstin zu dienen. Er schloss die Augen, Tränen zurückpressend, wenn die Fürstin sich über seinen jungen, festen und zitternden Leib hermachte, ihn leckte, küsste, liebkoste, an ihm nagte und saugte, der schöne Junge wagte es nicht, sich von der Fürstin zu entfernen; die Szenen wurden schnell immer fantasievoller, immer realitätsferner, oft vergaßen sie das Essen, die Uhr, die Verpflichtungen, bis dann der Tag anbrach, an dem sie fliehen mussten; wie in einer romantischen Komödie.

Die Fürstin wollte nach Ungarn, wo sie Verwandtschaft hatte, die Spitzel seines Vaters aber, die schon lange auf ihn angesetzt worden waren, fassten Sebald an der sächsischen Grenze zu Schlesien. Es war der Tag einer großen Tragödie, als er in Görlitz seine Fürstin über die Neiße übersetzen sah und ihr nicht folgen konnte.

Es gab in der Liebe kein Happy End, darum träumten ja alle davon.

Der Junge wurde von festen Männergriffen an den Oberarmen zurückgehalten, er wagte nicht, etwas von der Fürstin zu erbitten, und so schwieg er: Nur seine Augen schrien vor Kummer und Liebe, aber das merkte sie nicht, weil sie sich ja nicht einmal umsah, wie sie sich ja niemals nach ihm umgedreht hatte; niemals.

Sebald blieb in den deutschen Landen zurück, verwirrt und auf Jahre verdorben. Er begann zu spielen und spielsüchtig zu werden: Indem er den Reichtum seines Vaters vernichtete, wollte er ihn bestrafen für dessen Einmischung.

Er verweigerte das Studium und schrieb weiter Gedichte, die dummerweise erfolgreich wurden und ihm Geld einbrachten, was für Gedichte doch zumindest ungewöhnlich war.

Er wurde zum Gecken und nahm sich Frauen, wo immer er war. Er kannte das Geheimnis des demütigen Blickes, dem sie sich nicht entziehen konnten. Er überschüttete sie mit Geschenken, manche bezahlte er auch einfach, obwohl es oft Ehefrauen aus dem Bürgertum waren, denn das machte sie wahnsinnig vor Lust, hörig: Wenn sich der Diener als Herr entpuppte, dann wurden all die Damen zu dem, was die Fürstin einst aus ihrem eigenen Exmann gemacht hatte: ein erfolgreicher und geachteter Philosoph und Weltverbesserer, der vor der Schlafzimmertür seiner eigenen Frau jaulte und schluchzte: Wenn sich der Herr aus dem Diener schälte, dann brachen alle Dämme; je mehr Sebald aber diese Frauen besaß, je mehr er sie durch seine gespielte Demut zu Lustsklavinnen degradierte, desto weniger befriedigte ihn das; der Junge Sebald war sich sicher: Es kam immer nur eine Fürstin auf tausend Dienerinnen.

Wäre er nur volljährig gewesen, er hätte sie gesucht. So aber blieben dem Herrn Studenten nur Nizza und Monte Carlo, während der Vater im fernen Stuttgarter Bankhaus wetterte und Mal um Mal seine Fassung verlor, was ihm früher nie passiert war.

Gehässig schrieb der Sohn ihm, er werde Dichter! Er breche auf zur anderen Kreuzung dieser Welt. Es sei sicherlich ein alter Hut, wenn der Vater dem Sohn die Geliebte wegnehme, aber: Wehe! »Wehe, wehe, wenn ich auf das Ende sehe!«

Tief geprägt durch die Liebesbeziehung, von der er sich lange nicht erholen konnte, fand Sebald sich – noch immer minderjährig – im heimatlichen Stuttgart wieder. Zu allem Übel geriet er in eine Aufführung der Wedekind-Tragödie ›Erdgeist‹, die alles wieder offen ausbrechen ließ, was er tief in sich versenkt hatte. Wie im Rausch schrieb der Frühreife an Wilhelm Speyer von einem Fest der Sinne: »Ein mit wunderbarer Klarheit ausgeführtes, mit psychologischen Feinheiten reich ausgestattetes, recht kühnes Stück. Ein höchst simpler Grundgedanke: ein Weib, dessen berechnender Taktik, halb wahrer, halb gespielter Sinnlichkeit, dessen mit geschmackvoller Sentimentalität gepaartem Zynismus alle Männer zum Opfer fallen. Kann sich abwechselnd in einen Eisblock und in eine Feuersäule verwandeln. – Glaub mir, es gibt solche Weiber! Das Stück spielt mit modernen Emanzipationsideen (Nicht Puppe-sein-wollen; Wille zur Macht etc.). Ein Stück Masochistin (Peitsch mich, zerreiß mich!), aber noch mehr aktiv pervers. – Ich sag dir, es gibt solche Fürstinnen! Dabei ist Lulu im Stück nicht ohne großen Zug: ihres Wesens selbst ganz bewusst! – Ich denke, dass ist das Wichtigste an einem Weib, in das man sich verlieben soll!« Lulu sei für ihn kein Skandalon, sondern eine moderne Frau. Und im Stück selbst seien überhaupt keine einheitlichen Charaktere, was ihm besonders zusage, weil alleine das wahr sei, ehe der Brief leidenschaftlich schloss: »Ich wünsch dir denselben Genuss, damit du Wedekind schätzen lernst, übrigens kommen genug naturalistische Geschmacklosigkeiten vor: sechs verschiedene Selbstmordarten ungefähr (aber ganz diskret im Nebenzimmer). Überhaupt sterben alle Personen. Aber wie wahr ist das doch!«

Nimm einer Dienerschaft die Fürstin und sieh zu, wie das Land im Chaos versinkt. Nicht der Tod des sechzehnten Ludwigs brachte die Massen des französischen Volkes zur Raserei, sondern der rumpflose Kopf der schönen Marie-Antoinette, wollte Bruno Frank seinem Chamfort später noch auf die Zunge legen. Er notierte: »Tod der Herrscherin«.

Er schreckte aus den Gedanken hoch, aus seiner Rückschau zum ersten Leuchtpunkt seiner Geschichte, als Elisabeth ihm den Tee an die Seite stellte. Zum ersten Mal fragte er sich, ob er ihr von der Fürstin doch erzählen sollte, nicht bloß berichten, wie er es schon getan hatte, sondern erzählen. Wirklich und wahrhaftig erzählen – aber nein, es fehlte die Zeit! Es fehlte einfach die Gegenwartszeit.

Ihm war Chamfort wichtiger, was half es denn, jetzt noch Salz in den Tee zu rühren? Er hatte die Liebe in all ihren Facetten ausgekostet, er war ein glücklich Sterbender, warum sich denn da den Abschied vermiesen?

Hitler war besiegt, die deutschsprachige Literatur würde nicht aussterben, er hatte ein wenig mitgeholfen, ihre Fackel in finsterer Zeit zu tragen, jetzt war die Angst vorm Erlöschen ausgestanden: Es leuchtete literarischer Nachwuchs in all seiner Wildheit – wieder fast überall in Deutschland, sogar im schwarzen Greifswald, wo sein Freund Wilhelm Speyer einst studiert hatte. Bruno Frank fand einen Zettel auf seinen Schenkeln, »Tod der Herrscherin« stand darauf.

Was sollte das?

Es war seine Schrift, aber was sollte das bedeuten? Unwirsch knüllte er ihn zusammen.

Würde er seinen Chamfort noch schaffen? Die dunkle Majestät war schon im Hause, bereit, ihn mitzunehmen, aber er hatte ja noch zu tun! Er musste doch noch ein Werkstück zu Ende bringen.

Könnte es neuere Arbeiter auch für dieses Stück Literatur geben, moderne, wie Rimbaud sie genannt hatte? Bruno Frank wusste, eine Idee sprang von Kopf zu Kopf, bis sie Wirklichkeit war; und auch wenn Kopf um Kopf verschwand, die Idee reifte ja doch!

Darum war Fortschritt so langsam.

Er fragte: »Elisabeth, sag, was wünschst du dir für meinen Roman, falls ich es nicht mehr schaffe, ihn ganz zu erzählen?«

»Einen, der sich der letzten Worte annimmt. Vielleicht schreibt es dir dein Freund Thomas zu Ende?«

»Für Thomas Mann ist Chamfort ein Versager, wie es schon Cervantes für ihn war. Er akzeptiert die Scheiternden immer nur, wenn er durch sie wachsen kann. Wie Goethe den Schiller, wie Platon den Sokrates. Wie der Ozean das Land.«

DRITTER TEIL

Weil ich zu arbeiten habe und weil man
durch Erfolg Zeit verliert.
Chamfort.

Denise, ganz klösterlich, erscheint in einem weiten Kleid – unmöglich, Konturen zu erkennen –, dessen hochgestellter Kragen bis unter das Kinn reicht.

Dieser schwarze Kragen des farbsatten Kleides ist mit nicht weniger als fünfzehn kleinen Knöpfen so gespannt, dass der schwanengleiche Hals in all seiner wunderschönen Einzigartigkeit ein Augenschmaus ist, ein Blickfang, der Begehrlichkeiten weckt, man möchte sich über das Leben erheben. Hält man ein flauschiges Küken in der Hand, umschließt es, spürt das Kribbeln und zerquetscht es zärtlich, so trägt man die Erinnerung an einen langen, schmalen Mädchenhals in das Buch dieser Begehrlichkeiten ein.

Hat mich mein Selbstmorden milder gestimmt oder ist die Erscheinung der mädchenhaften Unschuld einfach zu phänomenal, um Denise mit meiner Frauenverachtung zu besudeln? Kaum wage ich, ihren Nacken genauer zu betrachten, dort, wo sich unter dem Haar, wie es vor der Revolution nur Pagen getragen haben, der sinnlich gebogene Hals der Jungfrau verliert. Ihm dort mit Küssen nachzuspüren; Chamfort, mäßige ich mich, du liegst auf dem Totenbett!

Der kleinen Denise muss ich etwas zum Schreiben geben, ich kann die sittsam Gekleidete nicht endlos so vor mir stehen lassen, sie anstarrend wie ein Lorbeerkranzdichter einen Aprikosenbaum: Ruhm vergeht, die Rübe besteht.

Dieser Tage, da Spitzel und Denunzianten die Ehre der Revolution zertreten, müssen alle Bürgerinnen und Bürger Frankreichs sich den Haarschnitt zufügen, wie man ihn von Pagen kennt, weil langes Haar nur Verzögerungen beim Guillotinieren bedeutet, denn eine Anzeige ist neuerdings bekanntlich bereits ein Beweis: Unschuld ist Lüge.

»Bist du eine Lüge, Denise?«, frage ich das sittsame Mädchen, das plötzlich den Blick hebt und mich mit dem Feuer schwarzer Pupillen anschaut, dass ich mir wünsche, wenigstens an einen Zipfel der Liebe glauben zu können. Tief falle ich ins schwarze Lodern und winde mich genüsslich im offenen Blick der Jungfrau Denise.

»Mein Herr«, sagt sie: »Lüge ist Frevel!«

Schachmatt in fünf Worten, der große Chamfort bittet stumm um eine Revanche und trägt nur eine Eitelkeit mehr ein in sein Heft der Maximen: Will das Glück sich mit mir einlassen, so muss es die Bedingungen akzeptieren, die mein Charakter ihm stellt.

»Mein Herr, beginnen wir jetzt mit dem Abfassen Ihres Lebensberichtes? Meine Ziehmutter sagt, ich kann dabei viel lernen fürs Leben. Mein Herr, ich möchte so gern so viel lernen von Ihnen und von allen großen Männern.«

Ein Hustenanfall, der mich im Bett herumwirft, ich spucke ein wenig Blut aus meiner herausgeschnittenen Kehle und drücke mir ein Tuch darüber. Keine Spur von Zynismus oder Boshaftigkeit in dieser jungen Stimme, wie kommt sie nur darauf, mich als groß zu bezeichnen?

Was habe ich schon zu antworten, als das gleiche, das ich in Versailles bei Hofe zur Königin sagte, die mich für mein

Theatergesudel lobte: »Es gibt keine großen Männer, es gibt doch nur Männer.«

»Das ist nicht wahr, Sébastien-Roch Nicolas de Chamfort, aber ich darf Ihnen nicht widersprechen, zu groß ist meine Achtung vor Ihrem Werk, vor Ihrer Leistung und Ihrer augenblicklichen Situation.«

»Mein Kindchen, Achtung gebührt niemals dem Talentierten, sondern immer nur dem Arbeitenden. Das wahre Genie findet sich in der Manufaktur.«

»Darf ich mir das notieren, Marquis de Chamfort?«

»Marquis? Warum so bescheiden? Warum nicht Zar?«

»Was ist ein Zar?«

Hustenanfall – erneut –, der mich vor der Beleidigung schützt, die Jungfrau Denise mit einem Sarkasmus einzudecken. Ich frage mich allen Ernstes, ob sie unter ihrem hübschen Kleid nicht vielleicht doch nackt ist.

Tagträume eines Delinquenten; wäre das bunte Frühlingskleid um Brüste und Taille nur nicht so weit.

Es klopft mein treuer Sancho Panza an der Tür, er tritt herein, der doch eigentlich als mein Bewacher hier gar nichts zu klopfen hat. Er fragt, wie es vorangehe.

Ich sage ihm, ich werde meine Schreibhilfe erst kennenzulernen, werde heute keine Zeile zu schreiben haben. Er sei aber vergewissert; da breche ich ab, weil mir einfällt, er will ja gar keine Bezahlung für die Dienste seiner Nichte: Das ist ein Glück des Kranken, dass ihm jeder Hustenanfall gelingt.

Mein Gendarm nickt, besorgt, ehe er endlich mit der Sprache herausrückt: »Wissen Sie, was für eine Ehre es für mich wäre, wenn ich nach Ihrem fernen Tode Ihren Lebensbericht aufbewahren dürfte, bevor dem Manuskript noch irgendwas passiert.«

»Schurke!«

Erschrocken starrt mich der Überführte an, ein Wort hat gereicht, ihm seine Schäbigkeit vor Augen zu führen, es besteht also noch Hoffnung, dass dieser Günstling der Revolution und der Republik noch nicht ganz verloren ist im Eigennutz dieser schwarzen Tage des Stillstands und des Mordens für die Freiheit, für die Gleichheit, für die Brüderlichkeit. Und im Namen des Tyrannen Robespierre.

Im Reich der Nullen stört die Minuseins wie auch die Pluseins.

Weil es – mit der Stimme eines Sterbenden – nicht übel klingt, wiederhole ich noch einmal vom Bett aus: »Schurke! – Dir also sei verziehen!«

»Wirklich?«

»Ist das nicht das kostbarste Sprichwort für alle Halsabschneider, Dirnen und Diebe? ›Schmiede das Eisen, solange es glüht.‹«

Mein guter Sancho Panza kontert – und gar nicht mal so schlecht –: »Ich frage mal nach.«

Somit sind die Klingen gekreuzt, die Maske wurde kurz gelüftet, von ihm, nicht aber von mir, der ich reagiere, wie ich zu reagieren habe: Bestiehlt mich jemand, bestehle ich einen anderen!

Welch Diebesgut könnte köstlicher sein als das der Unschuld der kleinen Denise?

Schurke.

»Tu das, mein echter und einziger und letzter Freund, der

so edel war, mir die Wahrheit seines Handels zu offenba-
ren«, spreche ich einen Satz aus ›Hamlet‹.

Der Bauer merkt es nicht und ist glücklich in seiner Einfalt,
sodass er mir bereitwillig den Namen des Mannes nennt, der
ihn für den Bericht meines Lebens bezahlen will.

Darum also wird mir die Schonfrist bewilligt. Weil er
hinter Sancho Panza und dessen Nichte steht. Es ist nicht
der erste Beste, dieser Freund. Er ist kein Schwärmer, kein
Plauderer, und seinem Urteil wird Gewicht zuerkannt. Ist
er aber auch nur ein wenig im Recht – und warum soll ein
so Leidgeprüfter nicht im Recht sein? Eine dermaßen große
Berühmtheit aus Deutschland, die man selbst noch in den
Wäldern Kanadas kennt, ist meinetwegen also nach Frankreich gekommen. Der Ausbruchskönig, der von Friedrich
dem Zweiten aus Preußen – Aufklärer, Moralist und Kriegs-
herr – neun Jahre lang in Einzelhaft gesperrt worden war
und der mit seinem eigenen vierbändigen Lebensbericht
nach des Königs Tod so viel Aufsehen erregt, dieser alte und
weise Mann ist nun also nach Paris gekommen, um meinen
Lebensbericht aufzukaufen! Ist es Ehre? Ist es Verrat?

Es fügt sich alles wie im vierten Akt einer Komödie – oder
einer Tragödie? Man müsste einmal eine komödiantische
Tragödie verfassen, oder eine tragische Komödie, also: eine
Tragikomödie, was immer das auch ist, es ist – pfui – Unterhaltung.

Nun also hält ein Ausländer über Chamfort die schützen-
de Hand inmitten seiner Heimatstadt. Solange also mein
Lebensbericht nicht fertig ist, solange werde ich geschont.
Hätte ich doch nur frivole Liebesgeschichten zu beichten,
wie die orientalische Schöne am Hofe ihres Sultans. Wird

Denise, werden nicht alle Leser ob der Langweiligkeit meines geschilderten Scheiterns überdrüssig werden? Was erhofft dieser Deutsche sich nur von meinem Bericht?

Sicherlich wird er meinen Namen missbrauchen wollen, wie so viele andere schon vor ihm, und sicherlich wird er dem einstigen Königsgünstling mit dem Bastardkomplex, dem späteren Ausrufer und Einpeitscher der erschütternden Revolution und dem Opfer seiner hochgepäppelten Republik ein untertäniger, ein bescheidener, ein mitmenschlicher, ein humanistischer Diener und Dummkopf sein wollen; sicherlich, aber ja, natürlich!
Selbstredend.

Friedrich Freiherr von der Trenck, schwer an seinem Schicksal tragend, was erhofft er sich von meinen Memoiren? Und sich hinter diesem Sancho Panza zu verstecken, der mich mit seiner Liebenswürdigkeit einlullt! Und wer ist Denise wirklich? Eine Lady de Winter? Warum entscheidet sich an meinem Sterbebett so viel Geschichte?

»Mein liebeswerter Bewacher«, sage ich zu meinem Sancho Panza: »Bestelle deinem Auftraggeber, Freiherrn von der Trenck, er solle die Maske der Ferne fallenlassen, er solle mich aufsuchen. Wenn sie ihm so kostbar sind, dann soll er mich selbst bitten um meine geschriebenen Worte. Ich bin Chamfort, meine Reden fegten Adlige, selbst Könige hinfort.«

»Das geht nicht.«

»So?«

»Kennen Sie das traurige Schicksal dieses Mannes nicht?«

»Von der Trenck? – Ich denke nicht.«

»Er war der Liebhaber der jungen Schwester des Königs

von Preußen und wurde vom König selbst auch geliebt. Wegen Eifersucht kam er jahrzehntelang in Festungshaft, ohne irgendetwas getan zu haben, außer liebenswert da zu sein. Als er begnadigt wurde, versuchte er hier in Paris ein neues Leben – doch als Spion wurde er letzte Woche zur Schlachtbank geführt. Noch ist er für Wochen begnadigt, weil man ihn verhört, sich Geheimnisse erhoffend. Er wird mir erst später mitteilen, wo Ihr hochgeschätztes Manuskript zu übergeben ist.«

»Dir fehlt der Auftraggeber, und du willst den Auftrag trotzdem erfüllen?«

»Nun, Geschäft ist Geschäft.«

»Mein lieber Sancho Panza, du entpuppst dich als Florentiner Herr! Ein wahrer Medici.«

»Hätten Sie ein Kind, Chamfort, ich würde ebenso dafür sorgen! Oder ein Weib. Oder sonst irgendwas.«

Die ganze Zeit sitzt das Mädchen kokett auf dem Stuhl vor dem kleinen Tisch, die Unterarme auf der Tischfläche, so malt sie versonnen etwas, das ich vom Bett aus nicht sehen kann. Sie ist tief in Gedanken versunken, aber das ist nur der Anschein, den jedes Kind zu erwecken beherrscht.

Die Lust, mich einem Bericht über mein jämmerliches Leben, dieser Reihung von Missgeschicken, diesem einzigen Scheitern und dieser einzigartigen Abwärtsbewegung zu widmen, schwindet in dem Augenblick, da mir ein Leser klar vor die Augen tritt. Das ist nicht Sache eines Chamforts, für einen Empfänger zu schreiben. Das ist nicht Sache Chamforts, für die Nachwelt zu formulieren. Das ist nicht Sache Chamforts, ein Unterhalter zu sein; hinfort mit Chamfort! Ich bin die Wunde – ich bin das Messer.

Weil das Publikum sich überbietet im schlechten Geschmack und in der hemmungslosen Verleumdung, darum will ein Chamfort dem Publikum nichts geben. Wäre diese süße Denise nicht, ich hätte es jetzt offen ausgesprochen, doch würde die Nichte nicht wiederkommen, das aber soll sie, nach einem solchen Nacht! Oh, raffinierter Trenck, darum schickst du mir die Jungfrau, weil du in ihr den Beichtvater versteckt hast. – Aber es hätte schlimmer kommen können, es hätte auch nur ein Holzpferd sein können.

Als ich meinen Sancho Panza mit einer Geste bitte, den Raum zu verlassen, dämmert es bereits. Meine liebliche Schreibhilfe versteht sofort, als ich sie stumm bitte, einige Kerzen zu entzünden. Ich sage, sie solle sich genügend Brennwachs auf den Tisch stellen, es werde ein langer Abend, denn das Leben Chamforts sei reich an Entbehrungen. Ich wolle ihr nun von Marthe-Anne erzählen, die Frau, die nach Hunderten von Affären am Königshofe meine große Liebe war und die es tatsächlich wagte, in meinen Armen – unglaublich! – zu sterben.

Das, ich sage es nicht, möchte ich der Jungfrau Denise erzählen, denn mit Speck fängt man Mäuse und mit Liebestragödien liebreizende Mädchenherzen.

Ich sage, sie solle ihre Katzenöhrchen nun ein wenig spitzen.

Lüge mich schön, lüge mich reich, lüge mich gut; kurzum: Liebe mich!

Als Marthe-Anne Buffon das zu mir sagte, da wusste ich, meine kleine Denise, ich wusste, das Unmögliche war geschehen; ganz unerwartet, in einer Pariser Seitenstraße, nicht weit von hier, bei den guten Panckouckes, im literarischen Salon, da traf Chamfort auf seine weibliche Hälfte und Marthe auf ihre männliche.

Uns blieben sechs Monate, ehe sie in meinen Armen starb. Soweit die Fakten, meine kleine Denise: Ich verzeihe allen Frauen dieser Welt all ihre Schäbigkeiten, weil es die eine unter ihnen gab.

Ich war auf dem Gipfel meiner selbst, Paris lag mir in diesen Jahren kurz vor der Revolte zu Füßen. Vierundzwanzig Jahre war ich, groß gewachsen, schön, mit blauen Augen und geblähten Nasenflügeln, wie es im Antrag auf Bescheinigung der Staatsbürgertreue hieß, so begann ich meine Karriere als Verführer. Mein Ruf war durch eine gewisse Madame de Craon ins Unermessliche gesteigert worden, als sie in einem der Salons leichthin sagte, man halte diesen jungen Chamfort für einen Adonis, in Wahrheit aber sei er ein Herkules. – Von da an wollten alle einflussreichen Frauen mich verköstigen, denn auch manch junger Wein mundet bestens!

Es war dies Kompliment, das mich schneller berühmt machte als meine literarischen Werke, denn damals herrschten die Frauen über die Geschicke der Stadt. Paris war ein launisches Weib, das Haupt einer Medusa. Eine Madame de Pompadour konnte über den fünfzehnten König hinweg einen Minister einsetzen, und so bediente ich die vielen Frauen, die sich dann für mich einsetzten: Paris lag mir zu Füßen, ganz Frankreich also; die Revolution von siebenhundertneunundachtzig war eine für die Frauen – von den Frauen. Und ich war ihr Herkules-Adonis mit genialem Hirn! Mit Voltaire stand ich im Briefkontakt, meine Korrespondenz mit Rousseau wurde in Zeitschriften veröffentlicht. Der alte Dichter Mirabeau nannte mich seinen Erben, am Hofe wurden meine Stücke aufgeführt; Könige gingen und kamen, Königinnen hurten, Chamfort gelang alles!

Aus dem unehelichen Bastard, der bei einer Bauernfamilie aufgewachsen war, wurde, in deinem Alter, Denise, Frankreichs bester Schüler, der Preise sammelte und alle Dichterwettbewerbe des Landes gewann, der mit Edelsteinen um sich warf – und ja, Denise, du kannst es dir nicht vorstellen, aber in meiner Jugend, da war ich ein sehr schöner Mann.

Damals liebte ich die Frauen noch – und sie mich. Ich pflückte Jungfernhäutchen, Denise, und die mächtigsten Frauen von Paris intrigierten zu meinem Wohle, ich musste gar nichts sagen, die edelsten Dirnen setzten sich für mich ein: Schönheit, geistige Kraft und ein ungebrochener Wille zur Eroberung, bis ich mich dann mit fünfundzwanzig Jahren bei einer Hure und Tänzerin ansteckte. Sie verletzte mich, sie verunstaltete mich, beraubte mich meines Geschlechtslebens.

Ich wurde fast über Nacht hässlich, war aufgedunsen und übellaunig. Es folgte mein Scheitern als Schriftsteller, ich verfluchte die Frauen dieser Welt, ich hasste sie, weil ich durch sie hässlich und krank geworden war, weil ich entstellt war von einer Krankheit, die kein Arzt kannte. In mir sammelte sich ständig Flüssigkeit an, die nicht entweichen konnte, meine Wunde war nicht tödlich, sie bestrafte mich mit einem Meer von stinkender, aussickernder Flüssigkeit, mit Melancholie und Düsternis, da waren die ach so edlen und ach so menschlichen Frauen schnell verschwunden, angewidert und erschrocken, kein Arzt wusste Rat, mit fünfundzwanzig Jahren war ich nur noch ein Benachteiligter. Und das ist schlimm, liebstes Denisechen, wenn man vom Glück gekostet hat und zusehen muss, wie es entschwindet: Dann lieber gar nicht erst probieren, das ganze Zeugs.

Ich hatte alles gewonnen, nachdem ich mit nichts auf die Welt gekommen war, Denise, versteh, ich verlor alles, weil keine Lust sich mehr meiner Misanthropie entgegenstemmte. Ich war ein Gespenst, das durch Paris schritt und gemieden wurde. Und während der Revolution rief ich zynisch die Losungen aus, was konnte ich dafür, dass die Massen mich für einen Heilsbringer hielten und meinen Losungen folgten?

Ich erfand die Mär von der Gleichheit, nach der wir streben sollten, alle gemeinsam. Zum Zeichen warf ich meinen Reichtum auf die Straßen, um die Armen gleich den Reichen zu machen, oh Denise, es waren wilde Zeiten, und dass ich es zynisch gemeint hatte, meine liebe Denise, das vergaß ich und glaubte mir selbst.

Der ist ein armer Tropf, der seinen eigenen Sätzen glaubt, meine kleine Denise, so war das Verlieben grausam, als ich aus meinem Dämmern, meiner Selbstbeweihräucherung, meinem Zynismus schreckte: Eine Frauenstimme antwortete mir nicht nur, sie antwortete mir prompt und mit geistiger Finesse! Marthe war anders als die dummen Püppchen mit den feuchten Mösen und die alten Weiber mit ihrem Mundgeruch und ihren Millionen: Da war – eine Frau! Unglaublich: Da war ein Hirn in einer Frau, das nicht dem Herz gehorchte!

Man nannte mich damals den genialen Geist, weil ich die Alltagsübungen der Philosophie, der Literatur, ja, weil ich eigentlich die Übungen aller Geistesdisziplinen mühelos ausführte; gewohnt, allein und einsam zu sein in meiner Größe. Ich schreckte zurück, wie man einen halben Schritt zurückgeht, ehe man sich vom Felsen ins freie Wasser stürzt, hemmungslos schreiend, hemmungslos liebend: Diese unscheinbare Marthe-Anne Buffon, sie hielt meinen geistigen Fähigkeiten stand! Doch, Denise, es ist kein Märchen, es gibt kluge Frauen, es gibt sie wirklich! Jungfrau Denise, denke immer daran, immer!

Ich erwachte mit einundvierzig Jahren aus einer fast zwanzigjährigen Agonie der Verachtung, erschüttert war ich, weil die Frau, die mich anzog, sechsundfünfzig Jahre alt war, Denise! Stell dir diese Unnatürlichkeit vor!

Wir zwei feierten dies – angeblich – Unnatürliche alsbald jeden Tag, auch wenn mein Stolz zunächst darunter litt. Ich gab mich hin, ich, dem sich zuvor alles hingegeben hatte; nicht nur die Frauenwelt, auch die der Politik, der Männerbünde, des Heimatlandes. Erobere die Welt der Frauen, die anderen Welten werden folgen, das war mein Erfolgsgeheimnis gewesen, und nun, nach Jahrzehnten des Schweigens und des Leidens stand ein anderer Chamfort auf den Straßen, mein Kätzchen Denise. Es war ein Mann, der dankbar war, weder fordern noch geben zu müssen, der einfach dankbar die Dankbarkeit einer Geliebten genoss: verbunden mit Klugheit, mit Schlauheit und mit Weisheit. Klugheit ist das eine, liebe Denise, Gefühl das andere, und da überbot sie mich, der ich allen Gefühlen entsagt hatte, einst enttäuscht, benutzt und beleidigt, das alles ließ sie nicht gelten. Marthe liebte mit Hirn und Herz, und das hatte mir immer gefehlt, Denise, es wurde das glücklichste halbe Jahr, das ich je erlebt habe, das glaube einem Sterbenden, glaube es ihm. Schwöre! Du glaubst es!

Ich erzähle dir gar nichts von Marthe, ich rede unser vergangenes Glück nicht nieder, ich weiß nun, dass es Narren sind, die Liebe in Worte fassen wollen. Man kann immer nur von der Sehnsucht palavern, nie aber von der Erfüllung, meine Jungfrau Denise, ich wünsche dir von Herzen, auch Auserwählte solch einer Liebe zu werden, ich wünsche es dir ehrlich, aber ich werde einen Dreck tun, dir meinen Weg als besten vorzuzeichnen. Marthe, das ist die reine Heiligkeit jenseits der banalen Körperlichkeit. Marthe, das ist die Sicherheit eines Gejagten. Eines Fluchtgewohnten. Elisabeth, das ist Heimat inmitten eines Exils, mein Täubchen Denise: Ein Blick – und alle Dämonen verschwinden.

Wir kehrten Paris den Rücken, ich hatte Marthe nicht einschüchtern können mit meinen Sätzen und Gedanken, es war aber auch nicht – wie unter Männern dann üblich – ein Kampf ausgebrochen, nein, liebste Denise mit den Rehaugen, Marthe und ich, das war eine einzigartige Ergänzung.

Die wenigen Zeugen, ich halte mich hier zurück, erwähnen ihren eindringlichen Blick, ihre hübsche Taille, ihren Geist, der ebenso frisch wie der einer Fünfzehnjährigen war, und ihre nie erlahmenden Gespräche. Aufgewachsen war sie bei Madame du Maine, erzogen also von einer unglaublichen Tyrannin, die Voltaire und Fontenelle zu hungernden Galeerensklaven der Schöngeistigkeit gemacht hatte. Marthe hatte am Hofe von Sceaux alles gesehen und nichts vergessen. Man feixte, sie sei über fünfzehn Jahre älter als ich, etwas, was ein Mann nur schwer ertragen könne, aber wenn ich sie ansah, sah ich ein weise Jugend, was ich sah, das war eine Tochter in einer Mutter, was ich sah, war mehr, als möglich ist, mein Rehchen Denise.

Siebzehneinundachtzig stirbt ihr Mann, ich überlasse ihr mein Haus in Auteuil und komme täglich zu ihr. Geheimes Einverständnis, gemeinsame Gewohnheiten, nach zwanzigjähriger Gefühlskälte und Einsamkeit lege ich die Maske ab, lasse die Rüstung fallen, verscharre den Schildkrötenpanzer, mein Misstrauen verschwindet, ich gestehe: Die Liebe gleicht einer epidemischen Krankheit, je mehr man sie fürchtet, desto mehr ist man ihr ausgeliefert.

Chamfort will seinen Tod erzählen, weckt aber die Liebe, und es scheint ihm, das Kätzchen wird immer zutraulicher an seiner Seite; die Liebe ist, was oben am Himmel steht, klug derjenige, der sich mit ihren Strahlen zufriedengibt.

Mein Kätzchen, dir muss doch unbeschreiblich warm sein, so öffne schon ein paar der Knöpfe deines Kleides, gerade jene am Hals dort, mir scheint, du hast eine Schlinge um die kleine Kehle! So öffne das Kleidchen und trenne dich von der spröden Halskrause der Tugend! Chamfort erzählt seine Liebe, vielleicht erzählt er seiner letzten Liebe die Liebe, mein hübsches Ding? Komm, gebe mir das Händchen in die Hand, ich bin doch ein Sterbender, auch wenn ich mich leicht fühle, so sterbe ich doch; hab Dank, mein Kätzchen, dass du mir das Sterben so leicht machst im Augenblick.

Marthe und ich schufen eine Republik für zwei.

Aus dem erklärten Frauenfeind wird ein Anhänger der reinen Liebe.

Aus Wunden werden Wunder.

So verließen wir Paris, zogen aufs Land, schworen den Freunden, nur noch Stippvisiten zu machen, forderten, man solle uns nicht besuchen, und entdeckten das Leben außerhalb des Molochs Paris: Obst im Garten, Blumen mit Wurzeln, Ruhe am Abend vor dem Kamin, tagelange Spaziergänge durch einen dichten Wald, Marthes Gesellschaft, so wurde ich befreit von meinen Ressentiments und meiner Krankheit. Der Arzt hatte Recht, als er sagte, eine Geliebte sei mehr wert als alle Medikamente zusammen. Ich entdeckte das Leben zu zweit, das Marthe schon gelebt hatte. Wir waren nacheinander süchtig, gestützt von finanzieller Unabhängigkeit: Vielleicht sollten arme Menschen sich erst gar nicht verlieben, wie viel Kummer bliebe ihnen doch erspart!
Ich meine es doch nur gut.

Mit der Inbrunst einer Mätresse und mit der Zärtlichkeit einer Mutter wurde ich geliebt, allein, ich konnte es zulassen. Es war richtig! Und es kam zur rechten Zeit.

Meine liebsten Erinnerungen, meine süßesten Augenblicke lassen mich bedauern, dass ich sie ohne Euch gelebt habe, Marthe: Ich habe Freuden gekannt und mein Leben verloren. Es beginnt mit Euch, Marthe! – So schrieb ich damals.

Die Liebe aber hat es nicht zugelassen, dass ihr Geheimnis offenbar wird. Der Mensch besitzt sie nur unter der Bedingung, dass er sie unmöglich bekanntmachen kann, und er vergisst sie in dem Augenblick, da seine Leidenschaft endet, denn das Geheimnis ist stets nur die Liebe selbst.

Sieben Tage hielt ich die Todleidende in meinem Arm, meine Leidenschaft war noch lange nicht zu Ende, doch was interessierte das den Bruder der Liebe? Er riss mir Marthe aus den Händen, mir blieben sechs Monate des Glücks, flüchtig wie ein Augenblick.

Vergraben konnte ich ihre Leiche nicht. Ich beließ sie in unserem Bett auf dem Land und schloss alle Fenster des Zimmers. Jeden Tag ging ich zu ihr und ertrug ihren Verfall. Am Bett sitzend sah ich in faulende Augen, wie du, mein Kätzchen, jetzt in mein faulendes Auge blickst. Man muss doch lieben, man darf doch den Tod nicht erkennen.

Lieber beschreibe ich Marthes Tod noch einmal ausführlich, glücklich und sterbend im geliebten Wahn wie alle Autoren, immer aufs Neue das Alte zu beschwören – nur anders: Frei sein heißt allein sein, das ist eine Warnung, doch welch ein Lebensglück, wenn man zu zweit allein sein kann, um frei zu sein. Mit Marthe machte ich mich in der Nacht zum siebten April auf den Weg, Paris hinter mir zu lassen. Wir, es war das große und einzigartige Wir, nach dem ich mein Leben lang gestrebt hatte. Ich hatte unsere Revolution unter diese Ideale gestellt – Gleichheit, Brüderlichkeit – und nun erlebte ich es, befreit von meinem ätzenden und zerstörerischen Ich. So feuerten wir den

Kutscher an, uns heimlich und schnell aus dem blutenden Paris herauszubringen, in dem es schon ein guter Tag war, wenn nur ein Dutzend Köpfe in den Korb fielen.

Wir entkamen der Revolution, wir entkamen Robespierre, der uns überall suchen ließ, der mich – schon wieder – wegen irgendeines Pamphlets einsperren lassen wollte, allein, er fand uns nicht.

Den Kutscher schrien wir an, wenn er pausieren wollte. Wir ließen ihn die Gäule nicht wechseln, wir rasten durch Frankreichs Wälder, über Felder, es gab keine einzige Brücke über Flüsse oder Seen, für die wir bremsen ließen! Wie groß Frankreich war, man vergaß es in Paris doch allzu schnell, wir hielten erst am Mittelmeer. Fünf Wochen wohnten wir im Grandhotel Bandol nahe Toulon, niemand wusste es, keiner erkannte mich hier. Das war ein anderes Frankreich, und doch war es Frankreich: nur freier!

Dann bezogen wir eine Villa im benachbarten Sanary-sur-Mer, die schräg gegenüber der Villa Tranquille war. Unsere Villa hatte einen eigenen Strand, wir hatten sie für drei Monate gemietet, sie stand oben an der Steilküste, der Blick war unendlich ins Blau; ach ja, dahinten, sprachfrei in Afrika, ach, in ein neues Leben, ein anderes!

Marthe, meine energische Marthe, hatte nur zwei Tage gebraucht, um diese Villa auf der Steilküste zu finden, die man uns erst nicht vermieten wollte, doch Elisabeths Wille, äh nein, doch Marthes Wille war größer als der Wille des Marquis de Valmer.

Zur Villa gehörte ein Grundstück mit einem riesigen verwilderten Garten, vollkommen still, ungewöhnlich schön und behaglich. Hier stand neben der alten Eiche das eitle

Zitronenbäumchen. Entweder saßen wir hier, im Schatten unserer Bäume, an unserem Häuschen hoch überm Meer, oder wir spazierten am Strand entlang, die kleine Bucht von Sanary erforschend.

Vorrang der Betrachtung und Weisheit vor der Tat.

Und ab und an ins Casino nach Cannes, auch dort niemand, der mich erkannte – wie weit lag Paris hinter uns und wie weit lag Chamfort hinter mir! Ich hielt meine Marthe mit der hübschen Taille, wie man meinte, im Arm, und es kümmerte mich auch in Cannes nicht, dass man uns hämisch nachsah: die fast Sechzigjährige von dem Einundvierzigjährigen umarmt.

Wir redeten oft bis in den Morgen hinein, in der Villa oder im Waldgarten sitzend, und zum ersten Mal im Leben des großen Chamforts hatte der kluge Chamfort die Gewissheit, verstanden zu werden. Endlich einmal wurde ihm zugehört, und er hörte zu. Gedanken strickten sich gemeinsam zu einem Schweif, denn der Mensch ist der richtige Zuhörer, der weiterführen kann, wo der Erzähler erlahmt; abwechselnd, sich ergänzend, das ist viel tiefer als jede Körperlichkeit, das ist viel höher.

Hand in Hand durchstreiften wir die kleine Bucht. Unten im Fischerdörfchen tranken wir den Kaffee der Araber, geschmuggelt über Spanien; wir wurden Sklaven des schwarzen Tyrannen, glückliche Sklaven, denn die Ketten waren lang genug und leicht. Die Wirtin des Gasthauses nötigte uns auch nach vier Wochen noch Milch und Zucker auf, überzeugt, dieses moderne Getränk mache krank und süchtig wie das Opium aus dem fernen Orient, sodass wir drei das sprachliche Hin und Her schließlich mit Witz und Gelächter nahmen; und der große Chamfort, mit all seinen weltverändernden Gedanken und Maximen, er sprach mit dem Weib des Fischers von Sanary im einfachsten Sinn.

Marthe fragte mich nicht einmal nach meiner Kindheit, nach meiner Jugend, nach meinen Niederlagen, und ich hoffte, mein Leben der Pannen könne nun hinter mir liegen, sodass auch ich sie nie nach ihrem ersten Mann fragte, nach dessen frühen Tod, nach ihren Eltern oder nach irgendetwas Vergangenem. Das Vergangene war nicht länger das Gegenwärtige. Es war vielleicht das Zukünftige, aber Zukunft war für uns Glückliche keine Option.

Als am siebzehnten Mai ein Wal in der Bucht von Sanary strandete, wäre es mit unserer Heimlichkeit und Idylle fast vorbei gewesen, aber wir waren schlau genug, uns das Riesenfleisch von oben, von der Steilküste aus, anzusehen. Aus Toulon, aus Cannes, selbst aus Marseille kamen die Bürger, die früher einmal Adlige gewesen waren. Viele hätten mich erkannt, denn langsam begann die Zeit der Sommerfrische, die man als Pariser am Mittelmeer verbrachte, sofern man sich von Paris trennen konnte. So blieben wir in unserem Waldgarten und sahen den Wal langsam vor sich hinfaulen. Die alten Priester verboten das Schlachten des göttlichen Tieres, sie befahlen sogar, das Maul des Kadavers mit Hölzern offenzuhalten, doch kein Jonas, der herauskam, der Welt zu sagen, was sie gar nicht wissen wollte.

Es sei ein Blauwal, sagte uns später unten im Dorf der Mann der Wirtin, der Fischer war. Er habe solche Brocken schon oft an der portugiesischen Küste gesehen, auch in der Biskaya, aber dass das göttliche Tier nun hier gestrandet sei, das könne nichts Gutes bedeuten. Er legte sich fest: Aus Korsika drohe Unheil. Wir lachten in die alten Falten des besorgten Mannes, erbaten uns, am nächsten Morgen mit ihm hinauszufahren, um einen Seetag zu erleben.

Gegen acht Uhr standen wir artig auf der Pier, als der Fischer kam und seinen Kahn flottmachte. Wir gaben dem Mann mehr Geld, als ein Tagesfang ihm einbringen konnte, und streiften uns all das Seezeug über, das er für uns bereithielt. Seine Frau kam noch schnell zum Fischhafen, vor sich hinschimpfend, weil der Kaffee kalt zu werden drohte, den sie uns auftrug. Es wurde ein entrückter Tag.

Das Schöne war nicht die Nähe des Meeres, das Schöne war die Ferne des Landes.

Zwischen den aufgeholten Netzen hockten wir als ein Tier mit zwei Rücken, siamesisch verbunden nur an den Fingern. Der Mann ließ das Segel knattern, uns folgten Delphine, wir zogen den Kopf tief zwischen die Schultern, wenn der Querbaum die Seite wechseln musste, welch ein Erlebnis, wenn das eigene Sein zum Dasein eines anderen wird.

Ehrgeiz sei eine ernsthafte Dummheit, maximierte ich den Augenblick unserer Seefahrt mit fast übersinnlicher Leichtigkeit. Und Marthe erhöhte, eine große Überlegenheit mache oft ungeeignet für die Gesellschaft. Zusammen trumpften wir auf, man gehe ja auch nicht mit Goldbarren auf den Wochenmarkt, sondern mit Kleingeld. Darüber lachte der Fischer sehr lange.

Der Wind kam mild von achtern, gerade stark genug, um das Segel zu füllen, die Gischt spritzte eher verspielt über den Bug als boshaft, und die Sonne siegte gegen Mittag endgültig, sodass wir mit nackten Armen auf der Heckbank saßen, die Seekleidung in einem Haufen zu unseren

Füßen gelegt. Wir hörten den Fischer warnen, mit der Kälte des Seewindes sei nicht zu spaßen, auch wenn man sie unter der Sonnenhitze nicht spüre, sie könne uns dennoch morgen schon vernichten.

Darüber lachten wir Gedankengequälte infantil: Die Vernichtung finde also morgen statt. Spätestens übermorgen. Allerspätestens Samstag.

Am Abend machten wir für uns zwei ein kleines Feuer auf der Terrasse. Wir steckten Holzspieße in die Mäuler der ausgenommenen Fische und hielten sie über die Flammen. Wir stützten uns wie zwei Latten, die man aneinandergelegt hatte, mit den oberen Enden, die man bei Menschen Köpfe nennt. Am Samstag wurde Marthe vom Fieber einer Lungenentzündung geschüttelt. Uns blieben zehn Tage.

Ich pflegte sie, ich ließ den Arzt, der aus Toulon kam, nicht mehr gehen, ich wurde durch ihre wirren Fieberreden mutlos, ich verzweifelte über das Ich, das ich ab dem dreißigsten Mai wieder war. Heute verstehe ich die Leute, über die ich mich irgendwann lustig gemacht hatte, die meinen, besser ein Bankrotteur als gar nichts zu sein.

Der Hass auf die Liebe brach wieder aus: lieber gar nicht lieben als zu kurz. Heute weiß ich, was eine Geliebte ist. Es ist eine Frau, bei der man alles vergisst, was man sonst auswendig weiß, also alle Fehler ihres Geschlechts.

Vielleicht muss man die Liebe gefühlt haben, um die Freundschaft richtig zu erkennen, ich weiß es nicht, ich will es nicht mehr wissen, ich will gar nichts wissen. Ich will von dem Mädchen Denise ein letztes Mal innig geküsst werden, um glücklich zu sterben. Ich will Marthe-Anne mit Denises

Sterbekuss vergessen, ich will erwürgt werden von Denise, wann endlich begehrt die Lustsklavin auf?

Mit der Postkutsche trifft ein Freund ein, er eilt mir zur Hilfe, es ist der gute Ginguené. Er bringt mich zurück nach Paris, nun bin ich der Bestie ausgeliefert, man überschüttet mich mit dem, was ich am meisten hasse, es ist das verdammte Mitleid, das Gift der Heuchler; abgeschnitten von der Welt, versteckt in einer Wohnung, so erlebe ich erneut die Phasen meiner Krankheit, von der ich geglaubt hatte, sie wäre aus meinem Leben verbannt; sicher, die Liebe ist stark, doch wehe, ihr Bruder holt sie nach Hause.

Ich hatte Angst, ich gestehe es, ich hatte Angst, Sie zu sehen, ebenso sehr, wie ich mich nach Ihnen sehne, schreibe ich der guten Madame Panckoucke, dem einzigen Menschen, der uns beide als Freunde liebte, ich hatte Angst, dass es mir den Atem verschlägt, wenn ich den Menschen sehe, den meine Freundin am innigsten liebte und von dem wir am häufigsten gesprochen haben. Wenn ich daran denke, dass an demselben Tag und gewiss zu derselben Zeit, zu der ich bei Ihnen sein werde, auch sie Ihnen einen Besuch abstatten würde; ich halte inne, ich kann – nicht – mehr – schreiben.

Denise, du kleines, klugdummes Kätzchen, nun weine doch nicht, oder doch, mein Kätzchen, komm, weine, weine in meinem Arm, ich möchte das Zucken deines schlanken Leibes spüren, es soll das Letzte sein, was ich spüren will. Aber, aber, Denise, du machst mir das Sterben ja so leicht.

»Mein Herr, ich bitte Euch, nehmt die Wärme meines Leibes in Euer arg geschundenes Herz auf. Wie schade, dass Sie sich umgebracht haben, mein Herr, wie schade, dass ich Sie jetzt erst treffe«, sagt Denise und fährt mit der Hand unter meine Decke, eine Stelle an meinem Körper suchend, die unverletzt ist. Lange findet sie keine, ich zucke unter Schmerzen, der Liebesbruder feixt, ich höre ihn deutlich, aber dann streichelt die kleine Hand sanft mein schlaffes, sterbendes Geschlecht. Und da vergeht dem Liebesbruder dann doch die gute Laune, er drückt mir kraftvoll ins absterbende Hirn, sodass ich kurz ohnmächtig werde.

»Also! Bruno! Dass man im Alter pervers wird, wenn …«
»Still!«

Darum also trägt Denise dieses geraffte, weite Kleid mit dem engen Kragen, als sie es von sich abgleiten lässt, zeigt sich ein junger, voller Busen, so hinreißend, dass es schmerzt, kein Mann mehr zu sein, nur noch ein Sterbender. Die Brüste sind groß, sie sind rund, sie sind prall, die Brüste einer jungen Frau am Körper eines Mädchens, dass sich den Zopf löst und lange, gewellte, honiggelbe Haare schüttelt, die sich mit ihren Enden gekräuselt auf die Brüste legen, dass es schmerzt, ein bemitleideter Greis zu sein.
Ich – erbitterter Gegner des Mitleidens – ergebe mich dem Trost des Mädchens, das nichts weiter hat als ihren Körper. Sprachlos lasse ich mir die fahrigen Händen auf diese Brüste legen, die schöner einfach nicht sein können. Wie sie sich unter meinem stinkenden Atem aufrichten, wie sich eine Gänsehaut ausbreitet auf ihnen, mein Kätzchen ist samtweich und warm, als sie zu mir unter die Bettdecke schlüpft; vorsichtig, die tölpelhaften Versuche eines

bekloppten Selbstmörders zu spüren: Wie grausam kann das Schicksal sein, Chamfort so süß zu bestrafen?

»Wie hast du gelernt, dich so auf einen Mann zu setzen, meine kleingroße Denise?«

»Still, mein armer Herr.«

Sie reitet ohne Hektik auf mir frohgemut aus, ihr kleiner Hintern bewegt sich riesig und harmonisch. Sie ist weit mehr voller Hingabe, als all die Dirnen von Paris es vorgegaukelt haben. Eine schöne Enge, die sich um einen legt und senkt; noch ganz gelassen erst, so keucht mein Kätzchen dann doch noch über mir. Ich tapse mit Samtpfötchen über wippende Brüste und spüre ihr Innerstes nun feucht werden und gierig. Wie habe ich das Maultiermaul des Weibs vermisst, ach, wäre ich doch nur noch ein ganzer Kerl, jetzt wäre der Moment, sie auf die Seite zu werfen, jetzt wäre der Moment, sie auf den Bauch zu legen, jetzt wäre der Moment, ihren Mädchenhintern vor sich zu haben und mit harten Stößen das zu beenden, was sie selbst begonnen hat, jetzt, ihre Brüste fest in den Händen! Jetzt wäre der ewige Augenblick, der Jungfrau Denise die Lust zu entzünden und sie ihr aus dem Mund zu stoßen.

Stattdessen feixt wieder nur der Liebesbruder in seiner dunklen Ecke, und mir bleibt nur, das Becken ein paar Mal zu heben, aber unter Höllenqualen, die mich aufschreien lassen, so laut, so jammernd über mein rüttelndes Herz, dass mein Gendarm plötzlich im Zimmer steht: erstaunt, aber nicht wütend.

Was geht hier vor, frage ich mich, während sich diese lächerlich winzige Träne Altmännersaftes in der blühenden Denise verliert.

Ich lächle sie mit heruntergezogenen Mundwinkeln an,

drehe den Kopf zu meinem Sancho Panza, sehe wieder zu Denise und erkenne, dass das Ende naht: Chamfort fehlen Worte, Chamfort ist stumm.

Chamfort ist sprachfrei.

»Bruno! Das ist doch Pornografie, das ruiniert deinen Namen …«

»Still!«

»Nein, Bruno, nein!«

»Es muss sein.«

»Warum?«

»Du musst versorgt sein nach meinem Tod, Elisabeth, es muss sein. Der Roman ist ein Körper. Zuerst baut man das Skelett, dann fügt man Muskeln und Haare hinzu, und ich habe aber immer die erogenen Zonen vergessen: Die Leserinnen mögen es nicht, wenn man diese Zonen vergisst, Elisabeth: Sie hassen es! Sie hassen es. – Also, meine wenige Kraft, ich muss das schaffen: Ich tue es für dich!«

»Du fügst dich dem Leserinnenwunsch? Werde nicht meinetwegen zur Hure, Bruno! Ich lasse das nicht zu!«

»Still! – Still! – Still!«

Sprachfrei, die Sprache ist die Strafe.

Schweigen ist Glückseligkeit.

Ihr zartes Gewicht auf meiner Hüfte, beugt sich die süße Denise zu mir, wie einem Greis zittern mir die Hände an ihren festen Brüsten, die erst aus der Ferne ein herrliches Bild abgeben müssen, und starr atme ich durch den Schlauch, den man mir in den Hals gesteckt hat, als das eigenwillige Kätzchen – Wo ist der Mann, der je eine Frau verstehen wollte? – mir die Bandage abwickelt; Binden, die Chamforts großen Geist zusammenhalten. Wie sie mir bei ihrer Arbeit den Kopf hochhält, indes sie völlig versunken scheint, wie mütterlich dieses Klostermädchen doch ist.

Das ist das Fatale am Selbstmord, dass man nie weiß, wann der richtige Augenblick ist.

Merde, merde, liebe Erde.

Die mit Blut und Eiter getränkten Binden lässt sie auf die Holzdielen fallen, als sie mir so nahekommt, dass die festen und spitzen Brustwarzen mein Kinn, meine Lippen, meine Wangen berühren, und endlich – erleichtert von allem Bösen – atme ich tief ein und halte den Lebenshauch zurück. Es ist sanft wie die Ewigkeit, als Denise mein kaputtes Augenloch küsst, aus dem alles Lebendige geflossen ist. Sie küsst und leckt das tote Auge Chamforts, während er mit dem anderen weint.

Es zerreißt das alte Herz eines Narren, als sich der Schoß des Mädchens über sein Gesicht senkt.

Ein Hoch auf die Revolution, die die Jungfrauen aus dem Klostermauerschatten ins Licht der Lust und des Lebens geworfen hat, ein Hoch auf den geistigen Fortschritt, auch wenn er im Schildkrötengang daherkommt, im Tausendfüßlergang – und eigentlich doch immer nur in Gänsefüßchen.

Mit langen Fingern erkunde ich Denises Liebesgrotte, die vielen Erinnerungen an solche fleischigen Tempel führen mir die Fingerspitzen, die Göttin über mir stöhnt und seufzt, als ich mit spitzer Zunge ihren Anus kose, liebkose.

Für Elisabeth Frank war das allerdings zuviel. Mit einem Schwung aus dem Handgelenk warf sie das Schreibgerät weg, das in hohem Bogen in den Swimmingpool platschte. Es sank auf den Boden, während Elisabeth stumm und wütend die beschriebenen Seiten zusammenstauchte, bis sie wie eine einzige auf dem niedrigen Tisch zu Füßen des Sterbenden lagen.

Sie sagte: »Du bist unmöglich!«

Er nickte, mit dem Handrücken die Augen vor der Sonne schützend, den er auf Stirn und Nasenrücken abgelegt hatte.

Sie fragte: »Wie kannst du nur?«

Gleichzeitig stand sie auf und entfernte sich von ihrem sterbenden Ehemann, um seine Antwort nicht hören zu müssen. Plötzlich hatte sie den Pool zwischen sich und ihn bringen müssen. Wie konnte er es nur wagen, ihre erste gemeinsame Liebesnacht dermaßen zu – unglaublich –, was waren Künstler doch schäbig und gemein, was waren Schriftsteller doch dumpf in der Wirklichkeit? Sie atmete tief durch und überlegte dann seltsam konzentriert, wohin sie ihren Zorn entladen könnte. Scham brannte sie, rötete sie, als sie daran dachte, wie der Zweiunddreißigjährige sie verführt hatte, als sie gerade sechzehn Jahre alt geworden war. Mit seiner Demut und seiner Zurückhaltung hatte er sie so wild gemacht, dass sie über ihm gekommen war, heiß und jung und mit vollen Brüsten; ja, sicher, sicher, die prallsten der Welt! Selbstredend. – Das sollte alles nur gespielt gewesen sein? Hatte er sie all die Jahre mit seiner Unterwerfungslist manipuliert, weil es für ihn nur ein Spaß war?

Und nun plauderte er das alles aus, wohl gefangen in der Agonie eines Greises, geradezu triumphierend und rücksichtslos. Mit wem war sie all die Jahre verheiratet gewesen?

Jetzt erst durchschaute sie seine Masche, das Devote war nur gespielt gewesen, um sie mit ihrer eigenen Lust zu erobern. Sie hatte immer gedacht, sie sei die Fordernde, die Dominante, aber wie sah die Wirklichkeit in Wahrheit aus? Ihr roch es seltsam nach Verrat.

Oh, die Scham überstieg ihren Zorn, die Knie wurden ihr schwach, Elisabeth fühlte sich betrogen, aber war sie denn betrogen worden? Wie gern hätte sie jetzt geleugnet.

Was war an Gefühlen schon wirklich? Nicht viel. Sie saß auf den hellblauen Fliesen und dem schwarzen Schiefer, rutschte mit dem Hintern zum Pool und steckte die Füße ins Wasser. Sie hätte jetzt gern Zeit zum Nachdenken gehabt, aber das Sterben ihres Mannes verhinderte das; ihres Ehemannes?

Als Stieftochter eines berühmten Schauspielers und als Tochter einer legendären Operettendiva hatte sie seine Schauspielereien vielleicht deshalb nie durchschaut, weil sie mit solchen aufgewachsen war? – Später!

Jetzt musste sie ihm helfen, seinen Roman, den verdammt lächerlichen, zu einem Ende zu bringen – aber sie fand keine Kraft, gefangen in einem Käfig aus Scham, als wäre sie – was war das? Warum fühlte sie sich wie vergewaltigt? Sie konnte doch darüber gar nichts wissen! Waren schon Gefühlslügen Vergewaltigungen? Reagierte sie daher, wie sie reagierte?

»Hallo?«, rief eine fremde Männerstimme, die Elisabeth zusammenzucken ließ.

»Hallo?«, fragte Bruno zurück. Er drehte den Kopf nicht, wartete, bis ihm der Schatten eines fremden Menschen auf dem Gesicht lag. Es war der Postbote.

»Die Hausherren meinten, ein Herr Doktor Bruno Sebald Frank ist am Pool zu finden«, sagte der Weiße.

Bruno nickte und sah auf das Telegramm, das ihm gegen Unterschrift ausgehändigt wurde. Während der Mann mit einem kurzen Gruß an die schweigsame Elisabeth wieder verschwand, riss Bruno das Kuvert auf. Die Zeilen waren vom Zauberer! Endlich eine Nachricht! Kühl gehalten zwar, aber es war eine Nachricht an den sterbenden Freund, wenn auch mehr eine geschäftliche denn eine private. Zum siebzigsten Geburtstag des Zauberers solle eine Jubiläumsausgabe der *Neuen Rundschau* noch im Juni erscheinen. Als Herausgeber wünsche Thomas sich einen Ausschnitt aus dem Chamfort zum Vorabdruck.

Welche Ehre! Der getreue Hund bekommt seinen letzten Knochen vorgeworfen, ein Gnadenbrot, dachte Bruno und tröstete sich mit seiner schon früh erworbenen Einsicht, Ruhmessucht gehöre zum Glück nicht zu seinen Lastern.

»Meine Liebe«, rief er, ohne seine Frau sehen zu können: »Bist du so gut, das erste Kapitel zu Thomas an diese Adresse hier zu senden, er braucht für sein Jubiläum noch ein wenig Lametta. – Was ist nur mit dir? Elisabeth? Ist dir nicht wohl?«

Gefangen im weiblichen Instinkt stand sie auf und antwortete, es sei nichts, gar nichts, was solle denn schon sein?

»Chamfort sagte dazu: Ohr und Geist können müde werden, dasselbe zu hören, das Herz nie.«

»Scher dich mit deinem Chamforttrottel«, platzte es dann doch aus Elisabeth heraus, während sie zu ihrem Mann ging und die Seiten des ersten Kapitels zusammensuchte: »Ich bereue es, dass du diesen verlogenen Moralisten während deines Studiums entdeckt hast! Und dass er dich dein Leben lang begleitet hat.«

Ein Lächeln breitete sich auf dem Gesicht des Sterbenden aus: »Ich auch. Camus hat diesen Zyniker einen verkappten Romantiker genannt – und damit ist die Verwirrung komplett!«

Sie hatte die Adresse der amerikanischen Eliteuniversität, an der Thomas Mann Ehrendoktor war, schon auf einen großen Umschlag geschrieben, als Bruno sie bat, der Sache noch ein kleines Vorwort voranzustellen, das er ihr auf die Schnelle diktieren werde. Sie schrieb es mit Bleistift auf den Rücken der ersten Seite, sehr froh, gleich allein einen Spaziergang zum Briefkasten machen zu können, einen mit Umwegen.

Nein, zur Krankenschwester taugte sie nicht.

Die Liebesnächte mit Denise sind aufgefädelte Stunden, die nicht enden, solange die Kette nicht zerrissen wird vom Tod. Mein kleines Kätzchen versteht, dass es mein Herz nicht so arg strapazieren darf, und ich bin über die erotische Finesse erstaunt, die das Klostermädchen beherrscht. Ich erlebe Freiheit in ihrer schönsten Form, ich erlebe Gleichheit in ihrer reinsten Form – fast vergesse ich meine sechs Monate der Glückseligkeit mit Marthe Buffon. Treibt das die kleine Denise an? Wettstreit oder Wunsch zu trösten? Dann wird sie meinem Selbst bald ebenbürtig sein in ihrer Lebensverachtung. Dann wühlt auch in ihr das letzte Scheitern mit aller Konsequenz.

Man nennt mich einen Moralisten, gelegentlich auch den großen Moralisten, und man tut es mit einer Ehrfurcht, die lächerlich ist in ihrer Blödheit, denn ich treibe die Moral mit aller Konsequenz voran; die Moral ist meine persönlichste Leidenschaft: Die Moral ist die große Peinigerin der

Menschheit! Wie seltsam sind gebildete Menschen doch, dass sie dieser großen Pein mit Ehrfurcht begegnen?

Mir bleiben zwei Dinge, die mich die Peitsche schwingen lassen: Es ist die Erinnerung an die Leidenschaft als Gewissheit, sie in allen Facetten gefressen und gesoffen zu haben, bis sie mir – wie Luther ausruft – aus Arsch und Maul herauskam. Und es ist der Kult um den Charakter, den ich als Moralist ins Unermessliche steigere, zu erahnen in meinen Maximen und Anekdoten, falls je ein Kultgläubiger kommt, sie als einen Roman zu lesen, einen modernen noch dazu, in dem die Handlung die Figur zeigt, nur eben als Nichthandlung. Ein Roman der Verweigerung, wie ihn zu schreiben sich alle Autoren wünschen, es ist die Erzählung einer stets treffenden Verneinung, die konsequent bis in die Selbstverneinung führen muss, sodass kein Romanheld hier auftaucht, lediglich ›ein gewisser M…‹. So dringt dieser Nichtroman bis ins Absolute vor, das sich in der Wut der Vernichtung vollendet, auch wenn nach mir neue Arbeiter kommen, wie dieser Kafka, der seine Quelle nie angeben wird, sich im Tode schämend, so dreist Ideen gestohlen zu haben, dass er seine Werke vernichtet wissen will.

»Halt, halt, meine liebe Elisabeth, das alles muss leider gestrichen werden. Von Kafka kann Chamfort ja noch gar nichts wissen. Das wäre ein Festschmaus für die Herren Rezensenten!«
    »Also ein Nichtsatz im Nichtroman eines Nichtautoren, Bruno, was willst du mit dieser Nichtautobiografie nur erreichen?«

»Nichts.«

Je höher die Moral gehängt wird, umso breiter fließt der Blutstrom.

Wo keine Unordnung ist, keine Raserei, keine Opfer, da gibt es für einen Moralisten rein gar nichts zu tun – oder nur ein Tun als widerwärtige Täuschung.

Junge Frauen und Könige haben ein Unglück gemeinsam: Sie haben keine Freunde. Aber glücklicherweise empfinden sie dieses Unglück nicht: Die Könige bringt ihre Größe, die jungen Frauen ihre Eitelkeit um das Gefühl dafür. Ich lege Denise einen leichten Sattel auf und treibe sie mit der Kurzpeitsche durchs Zimmer voran. Ich gehe neben ihr, humple mehr, treibe sie im Kreis um mich herum voran, eine Leine in der Hand, die ihr um den Mund gebunden ist. Gern hätte ich einen Nasenring an ihr versucht; während sie wiehert und schnauft, trägt sie einen ledernen Pferdeschweif tief zwischen den Lippen der roten Scham mit sich herum. Er endet als ein etwa zwanzig Zentimeter langer Lederstiel, an dem sie sich beim Kriechen reibt. Schnell kühlt ihr der pralle Hintern wieder ab, ehe sie erneut die sanfte Samtpeitsche spürt. Denise hat ein Faible für die Reitgerte, nicht zu fest gebraucht, doch dieses Festspiel muss sie sich verdienen.

Der Moralist versaut das junge Ding fürs Leben, was wird sie reich werden in den Bordellen von Paris!

Ein ungenannter Herzog bezahlt der Dirne Madame V… nicht weit von hier ein Vermögen dafür, dass sie ihm Pfauenfedern in den Hintern schiebt.

Es ist die Freude des Lehrers, wenn die Schülerin ahnt und nicht weiß. Ich ziehe die Zügel mitten im Galopp hart an, das Köpfchen wird nach hinten gezerrt, die langen Haare wirbeln honiggelb durch die Luft, ehe das Mädchen halbaufgerichtet zum Stillstand kommt, die herrlichsten Brüste nachwippend; so harrt sie artig meinem Willen.

»Nun, meine Stute, das üben wir noch einmal«, sage ich, aber es beginnt mich zu langweilen. Seitdem ich erkannt habe, dass Denise alles daran setzt, mir eine einprägsamere Erinnerung zu werden als Marthe-Anne Buffon, mein geliebtes Abbild der reinen Liebe, vergeht mir die Lust mehr und mehr. Wettbewerb erfreut doch nur die Wettbewerber.

Ich führe die junge Stute zu ihrem Platz und uriniere in den Fressnapf. Sie weigert sich erst, aber nicht lange. Sie schlürft meinen Goldsaft aus dem Napf, es scheint, als bekomme die Wärme ihr.

Zum Lob erhält sie ein Stück Zucker aus meiner Hand, dann drücke ich ihr den Schaft des Schweifes noch tiefer ins Innere und ergötze mich am Gewieher und an ihrer Pein.

Ein Mann muss sich eben etwas einfallen lassen, wenn seine Standfestigkeit verschwindet, die Geilheit aber bleibt. Das unterscheidet ihn von der Frau, die eigentlich mit Genuss alt werde könnte, ganz ohne diese verruchte Männerqual.

Aber so kennt man die Frauen eben nicht, immer wollen sie mehr als alle anderen leiden. Immer wollen sie diejenige sein, die am meisten gelitten hat, und darum fühlen sie sich vom Mann am Kreuz so verstanden, der eigentlich ein Weib sein müsste, den Bart als Attrappe tragend.

Der Moralist sei ein Einpeitscher, der nicht mit der Hölle drohe, sondern mit dem Nichthimmel. Keine Sorge, Gott sei nicht tot, es sei nur Nichtgott, der die Nichtfrau Maria nicht schwängere, sondern als Brutkasten vorübergehend zweckentfremdet habe; ach, so voll der Gedanken schrecke ich erleichtert auf, als das Gekreische ohrenbetäubend wird. Mein Gendarm steht in der Tür, meine Haushälterin samt Ehemann auch, ich halte noch immer die Zügel mit einer Hand und wühle mit dem künstlichen Pferdeschwanzschaft in meinem kleinen Kätzchen herum, das herzzerreißend schreit. Die wunden Lippen sind geschwollen, an den festen Schenkeln rinnt Blut auf die Holzdielen, ich habe mich wohl vergessen, ein wenig, in meinem Gedankengefängnis; wehe also, wenn der Moralist handelt, ich schreie: »Gleichheit für alle!«

Das bringt mein Personal endlich aus der Schockstarre.

Mein Sancho Panza entpuppt sich als Feldherr, der Elefanten über die Alpen treibt: Die Peitschenhiebe treffen mich überall. Ich lasse ab vom Einreiten der jungen Stute, Denise rollt sich zusammen, wimmernd und meiner Gegenwart unwürdig.

Ich sage: »Wir haben unser Werk aus den Augen verloren, so ist das mit der verfluchten Liebe der Jungfrauen. – Denise wird heute nicht zu ihren Zieheltern nach Hause gehen, sie wird dort, in der Zimmerecke neben dem Schreibtisch, da wird sie schlafen. Man bringe ihr Stroh und man kette sie notfalls an. Jetzt aber reinige man sie erst einmal gründlich. Wenn Blut gerinnt, dann wirkt jeder Moralist zerknirscht, denn nichts ist schlimmer auf der Welt als die Vollendung!«

»Marquis de Chamfort, wir werden nicht Denise anketten, sondern Sie! Im Namen der Bürger von Paris und ganz Frankreichs befehle ich: Bequemen Sie sich aufs Bett und wünschen Sie sich, jetzt schnell zu krepieren. – Doch zuvor wird endlich zünftig geschrieben und erzählt!«

»Mein lieber Sancho Panza, sieh doch nur, was ich mit deiner Nichte getrieben habe! Was muss ich denn noch alles machen, damit du die Bestie erschießt?«

»Befehl ist Befehl! Sie schreiben Ihren Lebensbericht, den übergebe ich, dann reden wir weiter! Der Freiherr von der Trenck hält Sie am Leben, Chamfort, auch wenn Sie nicht mehr leben wollen, das ist ihm egal. Er kennt Ihr Dilemma, auch er war mitten im Leben schon tot. – Für diese Bluttat an meiner Nichte werden Sie, der sich tot wünscht, am Leben erhalten werden.«

»Ich habe die reine Liebe zwei Mal erlebt, mit Denise vor einem Anfall körperlichen Wahns und mit Marthe-Anne nach einem solchen; ich Glückspilz, verdammter, ich sage dir: Liebestaten sind immer Bluttaten.«

Doch er will keine Antwort. Ich sehe, zusammenzuckend, wie mein Sancho Panza die Klinge fallen lässt, sich den Umhang abstreift, während er verkündet, er sei vom Freiherrn von der Trenck mit allen Freiheiten ausgestattet. Er selbst sei kein Franzose, er sei die rechte Hand des Freiherrn. Und er werde in dessen Namen das Erbe des deutschen Königs, Friedrich des Zweiten von Preußen, mit dem Lebensbericht Chamforts vernichten, als Rache für ergangenes Unrecht an seinem Herren: »Wir strafen den Peiniger, der angab, alle nach ihrer Fasson leben zu lassen, meinen Herrn aber im Kerkerturm verschimmeln ließ, nur weil seine Schwester ihn liebte und liebt. Wir strafen diesen königlichen Moralisten mit den lebensfeindlichen Schwertwörtern des größten Moralisten, des elenden Chamfort! Durch dich, Verfluchter du, zertreten wir das Erbe und die Würde eines Königs! – Nun schreib, Elender, wenn du endlich sterben willst! – Ab morgen wird der Glöckner von Notre Dame zu Paris deine Schreibhilfe sein!«

»Sag deinem Herren, er ist verrückt!«

»Das weiß er schon! – Aber hat es ihm geschadet?«

»Ja, ja doch.«

»Nein, es hielt ihn in den Jahren der Einzelhaft in der Festung bei Magdeburg bei Sinnen. Es wird dein schäbiges Leben sein, das der Welt das Scheitern seines Königs vor Augen führen wird. – Dann wird der Rache endlich Genüge getan sein. Dann wird mein Freiherr diesen Königlichen ins ewige Fegefeuer der Lächerlichkeit gestoßen haben. – Dann wird dessen Schwester sich meinem Freiherrn zuwenden; endlich! – Was dann triumphiert, das ist nichts weniger als die Liebe selbst, die zwanzig Jahre verleugnet werden musste. – Du Großmaulwurm, du bist nur Mittel zum Zweck für den großartigen Friedrich Freiherrn von der Trenck!«

»Aasgeier, wohin der Blick auch fällt. Ein Land voller Aasgeier. Die Revolution schenkt ihnen Aas. – Jetzt kommen sie sogar schon aus dem Ausland, um mich zu missbrauchen und zu demütigen.«

Dass Elisabeth still vor sich hinweinte, bemerkte Bruno erst spät. Von seinem Liegestuhl aus sah er ihre halb verwischte Schrift auf dem Papier, dann erst blickte er seiner Frau ins Gesicht.

So still könne nur wahre Trauer sein, meinte er. Bruno – zu schwach – musste sie bitten, zu ihm zu kommen, um sie umarmen zu können. Sie aber erhob sich und ging zum hinteren Gartentor, um den schmalen und sehr steilen Felsweg hinab zum Ozean zu klettern.

VIERTER TEIL

Heutzutage ist der Literaturerfolg
eine einzige Lächerlichkeit.
Chamfort.

Vielleicht war es sein letzter Sonntag?

Bruno Frank durchfuhr dieser Gedanke mitten im Redigieren seines Novellenromans *Chamfort erzählt seinen Tod – zu Ende*. Am Mittwoch war sein Geburtstag gewesen, er hatte seitdem mit Elisabeth Tag und Nacht gearbeitet. Sie hatten lange Pausen gemacht, sicherlich, aber sie hatten auch einfach beide nicht mehr aufgehört, das Manuskript voranzutreiben.

Ihm war nicht verborgen geblieben, wie sich seine Frau seit vorgestern von ihm abwandte, schrieb es aber seiner Krankheit zu. Was musste sie sich sorgen. Er hingegen war glücklich, fühlte sich glücklich und glücklich legte er sich den Stoß von einhundertzwanzig Seiten auf den Schoß, um weiter mit dem Bleistift Pfeile, Kreuze und Ausrufezeichen zu setzen.

Diese Tätigkeit liebte er an seiner Arbeit am meisten. Es war nicht das Erfinden, es war das genaue Setzen der Erfindungen: das Eliminieren jedmöglichen Zufalls und das Heraushören jeglicher Schwäche; das Aufspüren mit geschlossenen Augen.

So konnte er ganz Wildhund sein, befehlslos und bereit. Dieses Lauern hatte ihm den Ruf eines peniblen Erzählers eingebracht, dessen kurze Novellen manchmal zu perfekt schienen, wie Rezensenten behauptet hatten, und ja, er wusste es selbst, kein Leser der Welt konnte so genau bei der Sache bleiben. Es war ja geradezu Aufgabe des Inhalts, von der Form abzulenken. Und wo der Leser sich der Form zuwendet, da schwächelt der Inhalt.

Durch die Pappwand hörte Bruno die Feuchtwangers mit Elisabeth reden, und ihm schien es, als wäre dies ein Vorgeschmack. Hört man als Toter die Lebenden wie durch eine Wand reden? Vielleicht rettet man ja wirklich das Letzte, was man im Leben mitbekam, mit ins Totenreich? Die armen Soldaten! Konzentrationslagerhäftlinge! Das war alles gar nicht zu glauben, was die Befreiungsarmeen an Bilddokumenten aus Deutschland mitbrachten. Auf jeden Fall hatten die Ureinwohner Amerikas Recht, wenn sie sagten, Fotografien seien Teufelszeug.

Fotos, unerbittlich wie der Teufel.

Im Nachbarzimmer redeten sie weiter über Artikel und Berichte aus Europa; und was war dieser Tage als Erstes in Deutschland geschehen? Kaum war die Tinte auf der Kapitulationsurkunde getrocknet, da wurde schon wieder eine Partei gegründet, und wieder eine diktatorische: diesmal die Diktatur des Proletariats; der Weltbürger Bruno Frank hätte sich am liebsten in Chamforts Zynismus gerettet.

Die Kommunisten hatten am dreizehnten Juni neben ihrer Parteigründung auch das Erscheinen ihrer Zeitung bekanntgegeben: die erste Auflage der *Deutschen Volkszeitung* – wie hatte Bruno mit den anderen jüdischen Intellektuellen des Exils dagegen gekämpft! Die Kommunisten ans Ruder zu lassen, hieße das nicht, den Teufel mit dem Belzebub auszutreiben?

Der Sterbende konnte sich die Freude von Brecht, Seghers und den anderen ›Mexikanern‹ gut vorstellen, wenigstens gab es in der ersten Nummer das Wort ›Sozialismus‹ nicht ein einziges Mal. Die deutschen Kommunisten distanzierten sich auch ganz klar vom sowjetischen Modell, es sei für Deutschland nicht anwendbar, hieß es, und zwischen den Zeilen stand, Deutschland sei zu fortschrittlich in wirtschaftlichen und sozialen Dingen. Mutig, mutig, den Befreier so zu brüskieren; was aber war für Deutschland anwendbar?

Demokratie? Auch das barg Gefahren; Bruno seufzte und verschwand erneut ins Todesjahr Chamforts. Heute zwanzig Seiten durchgehen, Montag zwanzig, Dienstag zwanzig und Mittwoch die letzten zehn Seiten, dann wäre wieder Zeit, sich ein bisschen um die Gegenwart zu kümmern. Er machte zwischen zwei Sätzen der Seite zweiundfünfzig ein Kreuz, das er auf der Rückseite wiederholte, ehe er nach einem Doppelpunkt eine weitere Maxime Chamforts einfügte: Die öffentliche Meinung ist eine Gerichtsbarkeit, die ein rechter Mann nie ganz anerkennt und die er nie ablehnen soll.

»Wie wahr, mein Guter!«, flüsterte Bruno Frank. Er dachte an die letzten Tage in München, der Stadt, die er so geliebt hatte, in der er sich so sehr zu Hause gefühlt hatte.

Im Rotaryclub, von ihm selbst mitbegründet, hatte man dann die öffentliche Meinung gegen ihn und andere Juden forciert. Plötzlich war er kein Liebling der Münchener Abendgesellschaft mehr gewesen, plötzlich war er ein Verschwender, ein reicher Jude, ein Verderbter. Bruno Frank lachte, als er an den Kommentar seines Bruders dachte, der die Großbank des Vaters weitergeführt hatte, und sprach ihn laut aus: »Neid ist Ruhm.«

Wer konnte das besser verstehen als Chamfort, dieser mit so vielen Talenten Ausgestattete – dieser trotzdem grandios Scheiternde.

Er war am Neid anderer zugrunde gegangen, zuerst an dem der Frauen, dann an dem der Kollegen und schließlich an dem des gemeinen Straßenvolkes. Das Scheitern – und das Überwinden des Scheiterns, das war Bruno Franks großes Thema. In seiner *Politischen Novelle* war es Grundlage für eine ganze Gesellschaft. Er hatte es bei Friedrich dem Zweiten gefunden, beim Freiherrn von der Trenck, bei Cervantes, bei Chamfort: Am Ende gab es immer ein vergessenes Heft, das dem Scheitern ein Schnippchen schlug, eine fruchtbare Zeit in einem spanischen Gefängnis, eine Idee in einem preußischen Kerker oder auch nur eine Einsicht auf einem schlesischen Schlachtfeld. Dieser Triumph im schwächsten Moment, das war etwas, woran man glauben konnte, meinte Bruno Frank, etwas, von dem man erzählen konnte, immer und immer wieder, und gerade in dunkelsten Zeiten.

Sein Arbeitsfreund Thomas Mann hatte ihn da nie verstanden. Er war eben niemand, der vom Glück begünstigt wurde, er war ein bürgerlicher Arbeiter, der nicht an Fügung und Zufall glaubte. Für Thomas Mann musste alles im Voraus konzipiert sein, da unterschied Bruno Frank sich von ihm.

Wie schlecht wäre ihm selbst der *Cervantes* gelungen, glaubte Bruno, wenn er schon vorher gewusst hätte, dass die Tragik der Liebe so wichtig für den Roman werden würde?

Sie unterschieden sich grundsätzlich in ihren Erzählhaltungen, Bruno Frank war es schon lange klar geworden, und er bewunderte die Disziplin des Zauberers, der Tag für Tag Stück um Stück verfertigte – und dann sah es in der Einheit trotzdem wie hingezaubert aus.

Vor den Arbeitenden sollte man Respekt haben, nicht vor den Talentierten.

Bruno Frank legte die beschriebenen Blätter auf den Beistelltisch und klingelte nach Elisabeth.

»Was sagt der Zauberer?«, fragte er sie, kaum dass sie im Zimmer stand: »Wann ist er hier?«

»Er schafft es nicht vor Freitag, mein Lieber.«

»Schaffe ich es bis Freitag?«

»Diesseitigkeit. Fähigkeit zum Mitleid. Freiheit von Dogmen. Weltbürgertum. Turgenjew. Flaubert. Schopenhauer. Thomas Mann. Realist. Skeptiker. Nihilist. So sieht mein Olymp aus«, sagte Bruno Frank wenig später zu Lion Feuchtwanger: »Diesen Olymp habe ich schon neunzehnhundertzweiundzwanzig geschaffen. Zwei Jahre später heiratete ich Elisabeth, sie war gerade achtzehn geworden, ich war da Mitte dreißig. Mein lieber Lion, was wurde da getratscht. Na ja, du weißt es ja, du warst ja selbst dabei.«

»Was mich interessiert, wie ist es, einen lebenden Menschen zu vergöttern? Einen Freund und Kollegen, den du seit fast vierzig Jahren fast jeden Tag siehst. Ich kann mir überhaupt nicht vorstellen, Bruno, wie du das machst.«

»Am Ende wird man ehrlich, das ist wohl immer so. Vielleicht könnte es eine geheime Lust der Unterwerfung geben, Elisabeth weiß, was ich meine. – Jetzt schiebt mich erst einmal in die Sonne von Kalifornien. Ich möchte immerzu nur die Sonne spüren auf meinem absterbenden Gesicht. Im Übrigen verstehe ich jetzt Seneca. Es gibt im Leben nichts besseres, als glücklich zu sterben.«

Sie brachten ihn aus der Villa heraus, nicht hinten in den Garten, in dem sich der Pool befand, sondern nach vorn zur Straße hin. Lion und Marta schoben den Rollstuhl auf die Holzveranda, von der aus man einen freien Blick zu beiden Seiten der breiten Straße hatte. Die Bäume waren noch Setzlinge, ihr Schatten noch durchsichtig.

Elisabeth setzte sich zu ihm, innerlich über diese erneute Andeutung ihres Mannes erbost, wie er seine Verlogenheit mit einem ›vielleicht‹ abtat, doch äußerlich schauspielerte nun auch sie in Perfektion. Sie hatte sich entschieden, ihrem Mann nicht mehr mit Aussprachen zu kommen. Das war hart für sie – aber eigentlich hatte sie ihn doch durchschaut. Wozu also noch irgendwelche Überschriften?

Er sehnte sich nach einem glücklichen Ende. Sie wollte es ihm gönnen, von Herzen, und sie wusste, sie könne ihm Glückseligkeit vorspielen, warum auch nicht? Sie war die Tochter der großen Fritzi Massary, dem Operettenstar der Weimarer Republik, und die Adoptivtochter des nicht minder berühmten Schauspielers Max Pallenberg.

Sie hatte also von den Besten lernen können, auch wenn sie es nur wie nebenbei getan hatte. Sich an eine heimische Frühstücksszene im Kindesalter erinnernd, ahmte sie ihre Mutter nach: »Mein Liebling, egal, was wir tun, wir tun es für uns.«

Bruno lächelte seiner jungen Frau zu, nickend: »Es ist lieb, dass du das jetzt sagst, mein Schatz.«

Sie streichelte ihn, als sie begann: »Denk doch ein wenig an die Jahre zweiundzwanzig bis fünfundzwanzig, Bruno. Eben hast du dir mit den beiden Romanen *Tage des Königs* und *Trenck – Roman eines Günstlings* einen Namen gemacht. Der soeben in Berlin gegründete ›Ernst Rowohlt Verlag‹ hat dich groß herausgebracht, aber anders als Lion bist du nach dem Erfolg nicht nach Berlin gegangen, sondern in Mün-

chen geblieben: mir zuliebe. – Du hast dich ganz offen dazu
bekannt, ein Mann des neunzehnten Jahrhunderts zu sein,
und das gefiel mir jungem Ding damals so sehr. Mir kam
es mutig vor, der ganzen Welt zu sagen, sie sei nur ein Ab-
klatsch einer großartigen Vergangenheit. Die ideologisch
polarisierte Gegenwart, das Hochjubeln eines kollektiven
Menschenbildes, von links wie von rechts, diesem Wahn
hast du ein skeptisches Individuum gegenübergestellt, gegen das die Kollektive nicht ankamen.«

»Ja, damals habe ich im ›Wir‹ das ›Ich‹ benutzt, genau
entgegengesetzt zu Chamfort, der im allgemeinen ›Ich‹ das
›Wir‹ einpflanzte. – Es gibt immer so viele Parallelen! Als
Schriftsteller glaubt man ständig, man hätte den Stoff gefunden, den man sucht, aber ich bin mir nicht sicher, ob
der Stoff nicht lediglich Stift und Papier sucht, wie du es so
schön formuliert hast, meine Liebe.«

»Der Postbote!«

»Heute fährt er vorbei, wirst sehen!«

»Erinnerst du dich noch an den Umzug in München? Was
waren wir glücklich! Von Feldafing in den Herzogpark, in
die Mauerkirchnerstraße, genau neben deinen Zauberer
in der Poschingerstraße. Zum Glück war Bruno Walter
musikalischer Direktor an der Städtischen Oper Berlin geworden, sodass er uns das Haus überlassen konnte. Nach
all den Jahren deines Vagabundierens sind wir zusammen
heimisch geworden. Du hast es ›Heimat meines Lebens‹
genannt. So hätte es bleiben können.«

»Die Hochzeit in Garmisch! Am sechsten August vierundzwanzig. Und nun sind wir schon im zwanzigsten Ehe-
jahr. Du warst damals gerade achtzehn Jahre alt geworden,
ein uneheliches Kind des Grafen von Coudenhove, der dich

mit sechzehn Jahren gezeugt hat. Und als du sechzehn Jahre warst, da habe ich dich kennengelernt und heimlich verführt. Und ich bin sechzehn Jahre älter als du. Bei uns ist alles entweder sechzehn oder zwanzig. Und als ich sechzehn Jahre war, bin ich von einer älteren Frau verführt und in die Liebe eingeweiht worden.«

»Und als ich sechzehn war, da war ich für dich die Erbin deiner einzigartigen Fürstin. – Und ich hatte geglaubt, es wäre mehr als eine Rolle für dich gewesen, mehr als ein Spaß.«

»Das war es doch auch, natürlich! Ich hab es ja gar nicht anders gekannt«, sagte Bruno auflachend.

Ohne in sein Lachen einzustimmen, sagte sie: »Mein Gott, was hat meine Mutter getobt! – Und vielleicht hatte sie sogar Recht.«

»Wieso?«

»Wegen deines Rufes, der sich in ganz München schon herumgesprochen hatte. Du galtest als ›homme à femmes‹! Ein Frauenverführer ersten Ranges, ein Spielsüchtiger, ein Sohn aus reichstem Hause, ohne Verantwortung und freiheitsliebend. – Und genau so war auch mein echter Vater gewesen, der Graf von Coudenhove, den ich nie kennengelernt habe. Er war wie du, meine Mutter muss geglaubt haben, dass sich alles wiederholt! Und davor hatte sie Angst, dass ich sechzehnjährig auch schwanger sitzengelassen werde.«

»Hätte die große Massary doch nur mehr Vertrauen zu ihrem einzigen Kind gehabt! Aber ich kann sie natürlich verstehen, wenn man meine Wenigkeit bedenkt. Aber wie schön wäre es jetzt, wenn sie sich damals nicht eingemischt hätte.«

»Ja, diese Abtreibung hätte nicht sein müssen. Dieser Pfuscher hätte mich nicht verletzt. Stattdessen wäre jetzt hier ein Kind bei uns.«

»Oder zwei.«

»Oder zwei, mein guter Bruno. Wie alt wäre es jetzt?«

»Ich rechne, Moment. – Vierundzwanzig! Mein Gott, vierundzwanzig Jahre.«

»Vielleicht selbst schon verheiratet, wie Erika Mann.«

»Sie würde jetzt mit zwei Enkelkindern hier sein. Die würden da auf dem Vorgartenrasen spielen. Es würde laut werden. Sie würde ihre Kinder zur Ruhe ermahnen müssen. Es gäbe einen Grund, sich Fotoalben anzulegen.«

»Sie?«

»Ja. – Ich hätte ihr einen Mann gesucht, in den sie sich sofort verliebt hätte. Denn du weißt, als großartiger ›hommes à femmes‹ kenne ich die Frauen und die Mädchen!«

»Bis zur Heirat in Garmisch! Wir hatten das ganze kleine Hotel gemietet. Unten in der Gaststube herrschte alle drei Tage lang eine ausgelassene Stimmung, einer wollte immer tanzen. Bruno, unsere Hochzeitsnacht hat gerade mal vier Stunden gedauert, dann waren wir schon wieder unten bei unseren Freunden und Verwandten.«

»Und du ganz in Weiß!«

»Ja. Ganz in Weiß. Und schließlich war auch meine Mutter versöhnt, die ja Angst gehabt hatte, dass durch meine Heirat in der Öffentlichkeit bekannt werden würde, dass sie eine uneheliche Tochter hat. Ein Skandal!«

»Ja, aber diese Skandalgefahr haben wir gut umschifft. Überhaupt keine Presse war in Garmisch, diesem kleinen Örtchen, wo man wusste, wie man Rücksicht nahm.

Verheiratet wurde Elisabeth Frank – mein Gott, welch gewöhnlicher Name«, sagte Bruno lachend und zärtlich.

Das alternde Ehepaar umarmte sich, ehe Elisabeth noch leise sagte, wie gut es gewesen sei, dass niemand der Gäste gegenüber der Presse geplaudert hatte.

»Du hast eben in eine Bankiersfamilie eingeheiratet, du uneheliches Kind einer Operettensängerin!«, sagte Bruno und fügte an: »Ja, es war schön mit dir, die ganzen kurzen vierundzwanzig Jahre waren allesamt schön trotz der Dunkelzeit! Wir konnten lieben! Wir hatten es da besser als so viele andere Menschen auf dem alten Kontinent. – Und jetzt, im Moment des Triumphes über die böse Zeit, da breche ich zusammen. – Verzeih!«

Sie küssten sich, vorsichtig, auf Brunos schwaches Herz Rücksicht nehmend. Nehmen müssend.

»Der Blick deiner Rehaugen«, sagte er: »bitte einmal zum Mitnehmen einpacken.«

Elisabeth lächelte, doch versteinerte sich das Lächeln in ihrem Gesicht augenblicklich, als er sagte: »Jetzt ist mein linker Arm taub. Ich spüre nichts mehr. So fing es Anfang April beim Infarkt auch an. Das können doch nur die Pannen großer Geister sein, ein Herzinfarkt am ersten April. – Na ja, so schlimm wird es diesmal nicht werden.«

Sie sahen auf die leere Straße, an der rechts und links die großen Villen standen, weitläufige Gärten dazwischen, in denen ab und an noch ein Riesenmammutbaum wuchs. Die Sonne dieses Sonntags tauchte alles in einen rötlichen Schimmer, die Hitze verschwand langsam, der abendliche Wind kam auf, spielte in den Baumkronen, doch bis dahin reichte Brunos Blick von einem Moment auf den anderen nicht mehr. Er sagte es nicht, behielt das Flimmern für sich. An den Rändern seines Sehens war schon alles verschwommen, er konnte nur noch etwas erkennen, wenn er es direkt ansah. Mit der rechten Hand suchte er Elisabeths Hände.

»Sag nichts, Bruno. Sag jetzt nichts, erhol dich.«

»Ja. – Du? – Es kann sein, Thomas schafft es nicht mehr rechtzeitig. – Ich hätte ihn so gern noch einmal gesehen.«

Darauf antwortete sie nicht, vielmehr sagte sie leise: »Weißt du, während unserer Hochzeit in Garmisch, da hat meine Mutter dich einen Hasardeur genannt. Sie war überzeugt, dass du …«

»Ach, Überzeugungen, die auf eigenen Erfahrungen beruhen und die man dann einfach auf andere Menschen überträgt, das sind keine guten Überzeugungen. – Damals haben wir mit den Manns zum ersten Mal Weihnachten gefeiert. Und bei Erikas Hochzeit mit dem Gründgens habe ich nach den Eltern zum Paar sprechen dürfen. Weißt du, was ich den Kindern gesagt habe?«

»Natürlich, ich weiß es noch. Du kamst viel zu schnell auf Flaubert und Turgenjew. Mitmenschlichkeit sei Liebe im Großen, niemand hatte so recht verstanden, was du den Verliebten damit eigentlich sagen wolltest. Na ja, es war eine schöne Zeit, Bruno! Vor den Nazis, es hätte ein sehr schönes Leben werden können.«

»Ja, das stimmt. Wir waren etabliert. In München, der Stadt, in der es sich nach Paris und Venedig am besten flanieren ließ. Ob München wohl sehr zerbombt ist? Was meinst du?«, fragte er, worauf sie nur mit hochgezogenen Schultern antworten konnte, ehe sie sagte: »Was ich dir noch sagen wollte, erinnerst du dich an Herbert Günther, der war als junger Mensch oft bei uns gewesen, ehe er zu dem großen Schauspieler und Schriftsteller wurde, der er heute ist; jedenfalls, der hat eine Art Textsammlung herausgebracht. Pass mal auf, was er über dich schreibt, hör mal, Bruno: ›Noch sehe ich vor mir, wie der Dichter den Besucher im schalldichten Arbeitszimmer mit einer unkonventionell echten, herzlich entgegenströmenden Liebenswürdigkeit begrüßt, die sofort eine Brücke schlägt. Lächelnd steht der breite, blonde Mann, mit den leuchtend blauen Augen unter buschigen Brauen, im seidenen Hausrock neben seinem Schreibtisch; die drei geliebten schwarzen Pudel, auf deren Verstand und Treue er hohe Stücke hält, kommen auf einen Pfiff die Treppe hinaufgestürzt, lagern sich um ihren Herren, dem sie aufmerksam zuschauen, und schon ist das Gespräch im Gange.‹«

Mühsam lächelte Bruno, bemüht, zu verbergen, dass die linke Gesichtshälfte nun schon wie taub war. Er sagte leise: »Mein schalldichtes Arbeitszimmer, darauf waren sie alle neidisch! Es war ja auch ein Luxus.«

»Und blond hat er dich genannt, wie liebenswürdig oder? Damals warst du vierzig und schon fast ganz kahl.«

»Aber das ging doch über Nacht! Gut möglich, dass er mich noch blond gesehen hat, – und eine Woche später hätte ich eine Perücke gebraucht. – Das ist der Nachteil, wenn man etabliert ist. Plötzlich kommen Aufgaben hinzu, und wer weiß was alles noch. Dauernd schreibt man Briefe, und dann schafft man nicht mal mehr eine kurze Novelle. – Und neben all dem, das höre ich jetzt erst, hat Thomas über all die Jahre noch Tagebuch geführt! Ich weiß nicht, wie er so viel schaffen kann, ich weiß es nicht.«

»Thomas ist ein Tier! Ein Schreibtier!«

»Als geistiger Mensch ist man ja nirgends zu Hause, aber München gab uns doch eine schöne Illusion von Heimat, nicht? Und dann haben wir den Münchener Rotaryclub gegründet. Zweiter November achtundzwanzig, weiß ich noch, hinten im Hotel ›Vier Jahreszeiten‹. Und schon hatte ich als Vorsitzender noch eine Aufgabe mehr. – Wie konnte nur ausgerechnet in dieser schönen Stadt das braune Gesindel den Putschversuch machen? Ich hab nie verstanden, warum die Nazis in München zuerst Fuß fassen konnten. – Was wohl aus meiner Trenckreliquie geworden ist?«

»Jedenfalls waren das die Zeiten, als deine Theaterstücke so einen unermesslichen Erfolg hatten. Da wusste ich, dass ich den richtigen Mann geheiratet hatte. Meiner Mutter habe ich über Jahre immer die Ankündigungen der Stücke geschickt. Es waren in einem Jahr oft Hunderte. Und auch im Exil habe ich das durchgehalten. – Hasardeur? Mein Mann? Mutter, mach dich nicht lächerlich!«

Das Ehepaar schwelgte noch lange in Erinnerungen, sie ließen den Abend noch einmal aufleben, als sie eine Audienz beim englischen König bekommen hatten. Ein Triumph – auch über den Zauberer! Sie waren die Lieblinge des Londoner Kunstlebens, wegen eines einzigen Stückes, das aber wie kein zweites den schwarzen Humor spiegelte, den man in England so liebte. Der König war begeistert, fast so wie die Gattin des sechzehnten Ludwig, als man ihr Chamforts Stück vorspielte, ein paar Jahrhunderte früher. Marie-Antonnette hatte darauf bestanden, dass es nur für sie noch einmal gespielt wurde, Chamfort wurde fürstlich belohnt, und der Neid ließ natürlich nicht lange auf sich warten, Bruno Frank sinnierte beim Erinnern, ob er diesen Aspekt mehr betonen sollte. War ihm sein Chamfort nicht zu dunkel geraten? Hatte er dessen Lebenshöhepunkt vielleicht zu wenig beleuchtet? Inzwischen spürte Bruno Frank auch seine Beine nicht mehr, und während Elisabeth noch immer von ihrer beider Zeit in England schwärmte, hoffte Bruno, dass er die letzte Durchsicht des Manuskripts überhaupt noch zu Ende bringen konnte.

Es war dunkel geworden, einige elektrische Laternen erhellten die Straße punktuell. Elisabeth schreckte auf, ihr fröstelte, als sie sagte, sie wolle Bruno nun wieder ins Haus bringen. Er nickte, stumm bittend, sie möge in der Dunkelheit sein schmerzverzerrtes Gesicht nicht sehen.

Atme, dachte er: Einfach atmen und an nichts denken, was dich aufregen könnte! An nichts denken, an gar nichts, einfach nur atmen, damit das Herz ruhig schlagen kann. Denken ist tödlich! Fühlen ist tödlich.

Fühlen sei tödlich, dachte das auch der legendäre Friedrich Freiherr von der Trenck, der sich als Siebzigjähriger das Manuskript der Autobiografie Chamforts sichern wollte? Bruno Frank wusste über von der Trenck so gut wie alles, nur über dessen letzte Wochen, die er in Frankreich verbracht hatte, war wenig überliefert worden.

Er starb ruhig und gefasst drei Monate nach Chamfort, verurteilt als Feind der Republik und als Hochverräter Frankreichs. Von der Trenck war eines der letzten Opfer der Revolution, drei Tage nach ihm wurde Robespierre, dieser Stalin der Franzosen, selbst enthauptet. Von der Trencks Kopf rollte in den berühmtesten Korb von Paris, da hatte dieser Mann mehr erlebt, als ein Mensch eigentlich erleben kann.

Bei seinem Tod ist er eine Berühmtheit, und er ist unermesslich reich.

Sein Schicksal ist es, als Jugendlicher sehr schön und sehr

charmant und sehr tapfer gewesen zu sein. Er wird als Sechzehnjähriger nicht nur von seinem König geliebt, sondern auch von dessen Schwester, in die er sich auch selbst Hals über Kopf verliebt.

Dem König, Friedrich dem Zweiten von Preußen, dienen und dessen jüngere Schwester lieben, das geht nicht lange gut. Als Zwanzigjähriger wird er zum ersten Mal eingesperrt, da ist er der Vertraute des Königs, ist sein Adjutant, als dieser auf ihn eifersüchtig wird wie ein altes Weib. Wie lässt sich diese immense Eifersucht erklären? Liebt dieser König seine eigene Schwester oder seinen Adjutanten? Auf wen ist er so grausam eifersüchtig? Was hätte nicht auch Bruno Frank alles für die Antwort auf diese Frage gegeben! Seit dem Tod des Königs rätseln und rätseln die Leute, und von der Trenck ist klug genug, daraus Kapital zu schlagen.

Der Preußenkönig stirbt jedenfalls fast zehn Jahre vor Chamfort an der gleichen Krankheit. Bei ihm nennt man es Brustwassersucht, bei Chamfort heißt es Granulomatose: Im Körper sammelt sich Wasser und erstickt den Monarchen – bei ihm sammelt es sich in der Brust, bei Chamfort im Becken – schließlich. Diese Moralisten, deren Verbindung Friedrich Freiherr von der Trenck ist, der Menschenfreund, sie sterben beide qualvoll.

Der Freiherr ist wie Chamfort der beste Schüler des Landes – nur eben in Preußen und nicht in Frankreich. Der König sehnt sich nach diesem Jungen von außergewöhnlich schönem Wuchs und hervorragendem Verstand, der im fernen Ostpreußen als ›ein Wunder‹ gilt, als er durch ein Erbe seines Vetters, Trenck der Pandur genannt, dem damaligen Hitler Europas, zum reichsten nicht als König und Herzog geborenen Mann der deutschen Länder wird.

Nun hat der Preußenkönig einen Adjutanten, der reicher ist als er und der von seiner eigenen Schwester geliebt wird. Sollte Friedrich sterben, könnte der Freiherr von der Trenck durch Heirat auf den Thron gelangen, sicherlich ein edler Mensch, der aber den Nachteil hat, mit Trenck dem Pandur verwandt zu sein, der ganze Herzogtümer überfallen und unterjocht hat, der wie ein Wallenstein in Europa gewütet hat, erste Kontakte mit Robespierre knüpfend. »In der Revolution tötet die kleine Moral die große«, sagt Mirabeau, den sein Schüler Chamfort nur ›den Zauberer‹ nennt, ähnlich wie Bruno Frank seinen Kollegen Thomas Mann. Auch das muss noch verstrickt werden, hämmerte sich Bruno Frank ein, ehe er weiter an von der Trenck und den Preußenkönig dachte.

»Das Volk ist ein Souverän, der ständig Hunger hat; Seine Majestät ist nur wirklich ruhig, wenn sie verdaut«, sagt Rivarol, was Robespierre und Trenck der Pandur schon lange wissen. In deren Männerbund will der Preußenfürst gern aufgenommen werden, doch er wird nicht gefragt, zu unwichtig erscheint ihnen dieser Friedrich von Preußen, der einen Ekel beim Anblick der Herrscherinnen seiner Zeit empfindet. Es sind die russische Zarin und die österreichische Kaiserin, gegen die er Krieg führt, weil er meint, Frauen auf einem Thron seien etwas ganz und gar Unnatürliches und Widerwärtiges; freilich, er kann den Krieg gegen Österreich-Ungarn und Russland nicht gewinnen, so kommt es alsbald zu einem Standgefecht à la Verdun, doch da ist der Freiherr von der Trenck schon lange in der Nähe von Magdeburg eingesperrt, in der Festung, tief unter der Erde. Neun lange Jahre lebt er so:

»**An** der Wand ist aus Ziegelstein eine Art Schemel in die Höhe gemauert, das ist der Sitz bei Tag und das Bett bei Nacht. Das Fenster ist ganz oben nahe der Decke angebracht, eigentlich ist es nur ein vergittertes Luftloch, und da der Kerker tief zwischen den Wällen steht, so hat Trenck auch im Sommer nur ein bleiches Tageslicht. Winters aber scheint die Sonne gar nicht in diesen Graben, und es ist ewige Nacht. Niemand kann glauben, dass der Gefangene hier lange leben wird, sein Käfig ist zu feucht. Ein kleiner Ofen zwar ist da, aber im ersten Jahr sitzt Trenck doch förmlich im Wasser, vom ungeheuer dicken Gewölbe tropft es beständig auf ihn herab. Sechzig Pfund schwere Fesseln lasten auf ihm. Er trägt Handschellen, zwischen denen eine lange, geschmiedete Stange läuft, nie kann eine Hand die andere berühren. Die Stange wieder ist mit dem eisernen Reif verbunden, der um seinen nackten Leib liegt. Den linken Fuß schließt eine massige Kette aus Holz an die Mauer, zwei Schritte lassen sich tun nach jeder Seite. Niemand spricht mit ihm. Niemand gibt ihm Antwort. Keine Regung, kein Vorgang, kein Laut. Ablösungsrufe ganz selten, kaum Schritte der Wachen draußen auf dem lehmigen Grund. Toteneinsamkeit. Ein Grab.

Was er zu tun hat, ist einfach. Immer vierundzwanzig Stunden hat er auf den Augenblick zu warten, da von der Zitadelle her der Mittagsschuss vernehmbar wird. In diesem Augenblick beginnt es an den Schlössern zu rasseln, erst schwach, dies ist die Tür vom Graben zur Kasematte, dann lauter und klirrend, dies sind die zwei inneren Türen. Sie bleiben offen, bis der erstickende Mauerdampf sich verzogen hat, der sonst die Laterne auslöscht. Dann sieht er erst einen Sträfling mit geschorenem Kopf hereinkommen, der nimmt das bedeckte Gefäß und trägt es davon. Dann sieht er den alten Korporal hereinkommen, der setzt ihm einen Krug mit Wasser hin und zerschneidet auf einem Holzteller das schwarze Kommissbrot. Endlich sieht er den Major hereinkommen, ernst, mit einem galligen Ledergesicht, stumm besieht er den Raum, in dem nichts zu sehen ist, hebt und befühlt die Ketten und geht. Mit ihm geht die Laterne. Verhallender Lärm. Ein neuer Kerkertag«, hatte er es nicht so in seinem zweiten Erfolgsroman beschrieben? Bruno Frank war erstaunt, dass er diese Passage auswendig konnte. Warum ausgerechnet diese? Kerkerhaft, so sah doch hoffentlich nicht die Todeszone aus, zu der er nun wohl bald aufbrechen musste. Die dunkle Majestät hielt sich schon bereit.

Neun Jahre lang bleibt von der Trenck in diesem Kerker, ohne Gerichtsspruch, später kommt noch ein schwerer Halsring hinzu, an dem die Ketten der Hände angebracht sind, sodass von der Trenck stets seinen Hals stützen muss, um ihn sich durch das Eisengewicht nicht brechen zu lassen; so straft ein eifersüchtiger Souverän, der in seinem Leben keine Liebe und kein Glück erlebt hat. So straft er den Liebenden und den Glücklichen, so straft ein König, der befohlen hat, jeder solle in seinem Reiche nach seiner Fasson selig werden: Es war nicht so nobel gemeint, wie es klingt, dachte Bruno Frank, denn selig wurde man gewiss nicht auf Erden – in keinem Königreich.

Dieser König wollte seinen Freiherr mit jener Gicht umbringen, an der er selbst litt, doch der Körper und der liebende Geist des Freiherrn waren stärker als die des missgünstigen Königs, der schließlich auch seinen Krieg gegen die Frauen verlor. Voltaire war da schon längst wieder in Paris. Ihm folgte später von der Trenck, doch erst einmal wurde er nach neun Jahren aus der Kerkerhaft entlassen, auf Betreiben der Bezwingerinnen des Preußenkönigs, der Zarin und der Kaiserin. Das war das Schicksal des Friedrich Freiherrn von der Trenck, dass er schön von Wuchs, tief von Geist und unermesslich reich war: ein Liebling der Frauen also.

Und Frauenlieblinge blieben unvergessen, da brauchte Bruno Frank sich gar keine Sorgen um den Trenck zu machen. Der blieb, aber sein Chamfort, dem musste er noch ein wenig Geschmeidigkeit verleihen, nur wie?

Von der Trenck siedelt sich in Aachen an, macht von dort aus ungarischen Wein in Europa bekannt, und er unterhält bald darauf in allen europäischen Metropolen Handelsniederlassungen. Er gründet die Zeitschrift *Der Menschenfreund*, wettert ein wenig gegen die Kerkerhaft von Religionen, lässt dann aber die Kirchen in Ruhe, nicht überzeugt von der Wichtigkeit seiner Schriften und seiner predigenden Gegner.

In Kärnten kauft er sich Land, und als der Preußenkönig, angeblich ein Großer, siebzehnhundertsechsundachtzig endlich qualvoll und einsam gestorben ist, da veröffentlicht Friedrich von der Trenck seine vierbändige Autobiografie, in der er sich als Opfer eben dieses Königs darstellt.

Es wird ein Gigant von Bestseller der damaligen Zeit, weil alle Welt mehr über diesen seltsamen König und über das harte Schicksal seines von ihm geliebten Freiherrn wissen möchte.

Als ein berühmter und reicher Mann kommt von der Trenck also nach Paris, um sich feiern zu lassen, weil er Unrecht ertragen und überstanden hat – wie auch die Pariser Bürger. Im Freiheitskampf will der Siebzigjährige sich mit den Revolutionären verbünden, und im Stillen will er Chamforts Autobiografie bekommen, der – wie die Zeitungen titeln – im Sterben liegt.

Sie soll ihm der fünfte Band seines eigenen Lebensberichts werden, weil sein Leben nun weiter nichts mehr hergibt, die Gans der Leserschaft aber noch immer nicht ganz gerupft zu sein scheint.

So schickt er Denise und einen Sancho Panza vor, als ihm das Missgeschick der Verhaftung widerfährt und wenig später das des eigenen Todes.

Trencks Dasein, in all seinem Glück auch ein Leben voller Pannen, wie sie nur großen Männern zustoßen, Bruno Frank war davon fest überzeugt. Trenck, das Opfer des eigenen Blutes, als Vaterloser das Erbe eines Henkers und Mörders anzunehmen, als schönes Abbild, in das sich ein junger König verliebt, als Liebender, der eine wunderschöne Königsschwester liebt, die ihn auch liebt, eingesperrt als ein Mann mit eiserner Maske, ein Freiherr, der seinen König so oft demütigt, ohne es zu wollen: Da ist die Liebeszurückweisung, da sind die geglückten Fluchten, während die des jungen Prinzen stets missglückt sind, da ist der Reichtum des Freiherrn, der nach den geführten Kriegen größer ist als der seines Königs.

Es werden wohl Eifersucht, Neid und Angst gewesen sein, die den König so hart gegen den Freiherrn vorgehen lassen. Angst vor der Möglichkeit, dass von der Trenck durch eine Heirat sein eigener Nachfolger wird, da er doch keinen Blutserben hat; Friedrich der Zweite von Preußen, ein Peter Pan, der das Mannsein nur spielt, der so gern ein Mann gewesen wäre, dem aber das Liebesglück dazu fehlt, kein Glaube ans Gute, da ihm dieser vom Soldatenkönig – seinem Erzeuger – in Kinderjahren geraubt worden ist: Als der König in den Spiegel blickt, sieht er neben sich seinen Adjutanten, der all das ist, was er selbst so gern hätte sein wollen. – Und nun will von der Trenck sich also rächen. Er will den Ruf des toten Königs mit der Autobiografie Chamforts ruinieren und das Herz der Schwester des Königs zurückerobern, indem er mit dem Lebensbericht des einen die Widerwärtigkeit und die Lächerlichkeit des anderen aufzeigt. Von der Trenck will diese beiden Moralisten gegeneinander ausspielen, die sich so ähnlich sind, die Frage ist nur, wird es ihm gelingen? – Lasse ich das zu? Bruno Frank lächelte wissend.

Der Sterbende spürte sein Herz pochen, so hart gegen die Rippen, dass er meinte, der Knochenzaun könne durchbrochen werden. Er sagte sich erneut, er müsse ruhig atmen, er dürfe nicht mehr an den toten Freiherrn denken, der in Chamfort einen Mann sah, der wie sein König auch das Leben verachtete und die Menschen gehasst hatte.

Der fünfte Teil seines Lebensberichtes sollte ein kühner Wurf sein, die Moralisten Friedrich der Zweite und Chamfort, Deutscher und Franzose, vereint in einem Typus der Lächerlichkeit, doch konnte diese Rechnung aufgehen?

Das würde von der Trenck ewigen Ruhm bringen, war sich von der Trenck bewusst, als es endlich auch Bruno Frank ganz klar wurde. Das steckte also dahinter, darum war er damals wirklich nach Paris gefahren. Es war die Ruhmessucht eines Grafen von Monte Christo, die französischste aller Süchte.

Doch eigentlich zu dumm, dass der Freiherr in seiner Rechnung eine Variable vergessen hatte; wieder lächelte der Sterbende wissend.

Bruno Frank sah aus dem Fenster seines kleinen Zimmers der großen Villa, begriff, was zu tun war, und sah in dieser durchwachten Sonntagnacht die neue Woche mit dunklen Wolken aufziehen, die seine letzte wurde: Er musste von der Trenck also gewähren lassen, der aber durfte nichts gewinnen. Ruhmessucht sollte lieber den Franzosen vorbehalten bleiben, die konnten damit wenigstens umgehen.

Diese seine letzte Woche begann mit einem morgendlichen Wolkenbruch, wie er in Kalifornien nicht allzu häufig vorkam, es wunderte Bruno aber kaum. Die Franks saßen mit den Feuchtwangers beim Frühstück, sahen von der überdachten Veranda aus auf das Prasseln, das den Pool zum Überlaufen brachte. Es dauerte nur knapp zwanzig Minuten, aber in dieser kurzen Zeit wurde der Garten komplett überschwemmt. Das Wasser drang in die Villa ein, der Hausmeister kam nicht mehr nach, aber die jüdischen Exildeutschen waren nachsichtig. Was konnte denn der Mann dafür? Sie waren in den letzten Jahren vor so vielen lebensbedrohlichen Ereignissen geflüchtet, dass ihnen solche Wasserschäden fast lächerlich vorkamen. Sie gingen in die erste Etage, in die Bibliothek, und ließen den Mann seine Arbeit machen.

Als hätte der Wolkenbruch auch jegliche menschliche Energie hinweggespült, verstummten die vier, kaum dass sie es sich in der Bibliothek bequem gemacht hatten. Arbeitsgeräusche drangen durchs Haus nach oben, Lion setzte sich an den Schreibtisch und sah die Post durch, die eben gekommen war, während Marta Feuchtwanger einen Wochenplan aufstellte, Termine koordinierte und Wichtiges vom Unwichtigen trennte. Elisabeth schrieb Einladungen für eine Benefizveranstaltung, die Geld für ihre Stiftung zur Unterstützung mittelloser Juden einbringen sollte, die nach ihrer Flucht aus Deutschland kein Auskommen fanden. Die wenigsten wollten zurückgehen, selbst wenn die Nazis besiegt worden waren. Die meisten glaubten, der echte Sieg über diese Bestien, der geistige, der sei noch lange nicht errungen. Elisabeth schrieb auch an Morgenthau, den Finanzminister des Präsidenten, mit dem sie nun schon seit Jahren befreundet waren, während Bruno sich in sein Manuskript versenkte. Es waren eigenwillige Stunden, in denen die Stille regierte, obwohl sich vier Menschen in einem Raum befanden. Ab und an raschelte etwas, jemand hustete auch mal, doch niemand wollte ein Gespräch anfangen, weil es nichts zu besprechen gebe, meinten sie alle zu sich selbst; als spürten sie das Nahen der dunklen Majestät, wie Bruno den Tod genannt hatte.

Die Feuchtwangers hatten ihre Erstausgaben und Werkausgaben nach Amerika bringen können, jetzt standen die vielen kostbaren Bücher sicher vor Wasser und Feuer in den Bibliotheksregalen der Villa ›Aurora‹. Fast alle Bücher waren selten geworden, weil in Deutschland so viel vernichtet worden war; nicht nur im Privatbesitz der Intellektuellen, auch im Besitz der öffentlichen Bibliotheken war gewütet worden. Und wo waren außerhalb Deutschlands schon deutsche Bücher gesammelt worden? In Holland und Österreich natürlich, aber auch dort war ja nichts zu retten gewesen.

Bruno Frank dachte an jene uralte Bibliothek in der Schweiz, die sich im Stiftskloster von St. Gallen befand, deren Räume man nur mit Filzschuhen betreten durfte. In der Schweizer Stiftsbibliothek aus dem siebten Jahrhundert war die Stille so uneingeschränkt wie hier gewesen: eine Stille, die aus der Ruhe kam.

Eine Ruhe, in die er nun bald einziehen sollte. Bruno Frank seufzte nun doch leise und widmete sich wieder dem korrigierenden Lesen. Heute musste er noch siebzehn Seiten schaffen, er wusste es ja, mit dem Gefühl halb gelähmt zu sein war es fast unmöglich, aber Chamfort, diesen Moralisten, den interessierte das natürlich überhaupt nicht. Der hatte sich nie groß für andere Menschen interessiert, überzeugt davon, dass ihm sowieso niemand das Wasser reichen könne. Und nun war er einer Sechzehnjährigen hörig geworden, die den Meister mit einer Demut besiegt hatte, einer Demut, nach der dieser sich schon lange gesehnt hatte, die ihm aber nie widerfahren war. Seit fast dreißig Jahren hatte sich Chamfort kein Mensch mehr hingegeben, auch wenn er noch so laut danach verlangt hatte. Er hatte die ganze Menschheit in eine Gleichheit zwingen wollen, aber die Menschheit hatte zurückgefragt: »Moment mal, Bürger Chamfort, wer bist du noch mal genau?«

Darüber lachte Bruno Frank laut auf und war über Chamforts Antwort auch nur mäßig überrascht: »Es ist gefährlich für einen Philosophen, der mit einem Großen verbunden ist, seine Uninteressiertheit zu zeigen; man würde ihn beim Wort nehmen. So muss er seine wahren Gefühle verbergen, er ist sozusagen ein Heuchler des Ehrgeizes.«

»Ach so«, sagte Bruno leise: »Und wen meinen Sie mit ›einen Großen‹?«

»König, Kaiser, Zar, etwas in dieser Art«, antwortete Chamfort, in seinem Bett vor Schmerzen stöhnend.

»So sagen Sie doch, wie es wirklich ist! Diese Maxime ist gegen Voltaire gerichtet, den Sie für einen Narren halten, weil er mit dem Preußenkönig Verbindung gesucht hat.«

»Er wurde ja auch fürstlich enttäuscht. Er wurde sogar eingesperrt im preußischen Frankfurt, als er fliehen wollte.«

»Bruno? Ist alles in Ordnung mit dir?«, fragte Elisabeth, über das Gemurmel ihres sterbenden Mannes erschrocken. Auch die Feuchtwangers sahen zu ihm hinüber.

»Ich war nur eben bei Chamfort eingeladen, an sein Sterbebett. – Ach, mir wird dieser Mann mit jeder Stunde verständlicher. Wenn ich noch ein wenig mehr Lebenszeit hätte, ich hätte wahrlich noch einmal einen Cervantescoup landen können. – So aber reicht es nur für diese kurze Novelle.«

»Du hast genug geleistet«, sagte Lion: »Dein Chamfortroman ist sehr gut, er wird viele Kollegen anregen, sich mit dem Stoff zu beschäftigen. Dein geliebtes Zeitalter wird nicht vergessen werden. Mehr kann man als Autor doch auch gar nicht erreichen, mein lieber Bruno, du weißt, man darf nicht gierig werden.«

»Das stimmt, man darf nicht gierig werden, – doch ganz am Ende wird man es dann doch! Man will jeden verdammten Strohhalm als Eichenstamm nehmen, mein Gott, ich bin doch erst achtundfünfzig!«

»Ich zitiere Chamfort, der macht dir das Sterben vielleicht erträglicher, wie er allen Sterbenden immer eine Hilfe war, die sein Wissen um sich hatten: Leben ist eine Krankheit, Tod ist ein Heilmittel. – Es gibt nur wenige Laster, durch die man es sich mit seinen Freunden so sehr verscherzen kann wie durch große Vorzüge«, sagte Marta.

Dazu nickte Bruno nur, er sagte nicht, dass er glaubte, dass sein großer Vorzug wirklich allein das Sterben war. Er fand es lustig, aber er wollte seine Freunde nicht so brüskieren.

Wieder nahm er sich eine Seite vor, um Kreuze und Striche zu machen, während er in Elisabeths runder Schönschrift geradezu badete. Mit dieser Schrift sollten alle guten Romane veröffentlicht werden! Fast tat es ihm weh, einen der Buchstaben oder sogar ein ganzes Wort durchstreichen oder ersetzen zu müssen.

Heimlich sah er nun ab und an zu seiner Frau, die unzählige Einladungen schrieb. Dann fiel ihm der Bleistift aus der Hand, und er schloss die Augen, sich von der Anstrengung erholend. Nur ein wenig, nur einen kurzen Moment. Und um diese sanfte, junge Stimme besser hören zu können, wie sie flüsterte: »Ja, mein Herr, Monsieur Frank, legen Sie sich zurück. Es wird alles gut! Es wird alles besser. Still, wir reden morgen weiter. Jetzt erholen Sie sich erst einmal, Monsieur Frank. Nein, nein, still, still.«

»Ach, meine liebe Denise! Was für ein gutes Kind du bist. Die Klosterfrauen haben dich gut erzogen, auch wenn sie ihr Werk nicht ganz vollenden konnten, du bist ein liebes Mädchen. Voller Hingabe und Reinheit, du bist der Stolz deiner Eltern, auch wenn sie dich gar nicht kennen. Sag, wie behandeln dich deine Zieheltern?«

»Ich muss viel im Haushalt machen, ich würde gern wieder lernen, aber es ist so viel auf dem Hof, im Stall und in der Küche zu tun. Doch beklagen will ich mich nicht! Ich habe ja ein Dach über dem Kopf, ich habe ja Suppe in der Schüssel, ich will mich nicht beklagen, aber das Kloster fehlt mir schon, Monsieur Frank.«

»Das glaub ich gern, mein Kindchen. Aber der Tag wird kommen, an dem du wieder lernen kannst. Einstweilen lies mir doch ein wenig von dem vor, was ich habe aufschreiben lassen. Lies mir ein wenig aus meinem Chamfortmanuskript vor, am besten ab hier. Wenn ich etwas höre, das mir missfällt, das ausgebessert werden muss, so heb ich den Finger hier, siehst du, den kleinen, du musst also immer auf meine Hand achten, die andere ist mir schon taub.«

»Er redet mit sich selbst, Lion, er hört uns nicht mehr«, sagte Elisabeth, die an ihren Mann herangetreten war und ihm die Hand auf die schweißnasse Stirn legte: »Wir sollten ihn lieber zu Bett bringen, meinst du nicht auch?«

»Aber nein, er ist gut eingepackt. Wir lassen den Kamin anheizen, ich denke, es gefiele ihm besser, seine letzten Tage in Gesellschaft zu verbringen. Bruno ist uns doch immer ein echter Mittelpunkt gewesen, wie oft hätten wir ohne ihn aufgegeben? Erinnert euch an unsere rabenschwarzen Tage, erinnert euch an diese grausamen Wochen in Marseille, erinnert euch an die Zeit in diesem Moloch Manhattan, vergesst nicht, wie uns unser Lebemann und Weltbürger das grausige Exil erträglich gemacht hat; in der härtesten Zeit, die immer die erste Zeit ist. – Wir wollen ihn jetzt, wo er uns braucht, nicht abschieben, ich bin mir sicher, dass er unsere Stimmen hört, dass er unsere Nähe spürt, und wenn er aus seinem Fieberschlaf erwacht, dann

wird er froh sein, bekannte Gesichter um sich zu haben.
– Oh, die Abwesenheit von Thomas macht mich wirklich
wütend. Bruno, der so viel für ihn gemacht hat, wartet auf
ihn, und er unterbricht seine Vortragsreise einfach nicht. –
Wenn das so weitergeht, dann endet Brunos Tod als ein Absatz in seinem Tagebuch. – Heute von Brunos Tod gehört,
echte Betroffenheit.«

»Du tust ihm Unrecht«, sagte Marta zu ihrem Mann:
»Thomas Mann ist wie Thomas Mann nun mal ist. Jeder
ist, wie er ist. In der Vergangenheit hat er seinerseits viel
für Bruno getan. Ich glaube, die beiden haben sich nichts
vorzuwerfen, sie waren, jeder auf seine Art, immer fürei-
nander da. Es geht eine große Freundschaft zu Ende, ich
glaube, diese Art Freundschaft wächst eher in der Ferne als
in der Nähe.«

»Ja, wir wollen nicht so laut werden«, sagte Elisabeth, die
bei ihrem Mann sitzen geblieben war, während Bruno weiter Denise zuhörte, die langsam Seite um Seite vorlas. Nur
selten hob er den kleinen Finger. Dann wartete sie geduldig
und fügte ein, was er ihr auftrug. Es waren kleine Ände-
rungen, da mussten keine ganzen Sätze oder gar Absätze
verändert werden. Manchmal stand da ein ›es‹ wo ein ›er‹
hingehörte, ab und an wiederholte sich ein Wort, aber alles in allem war es gut, so wie es war. Denise entwickelte
sofort ein Gespür für den richtigen Erzählrhythmus, und
das freute den Sterbenden am meisten. Sie las so, wie er
es im Kopf hatte; das Variieren der Geschwindigkeit, das
Aufhellen der Stimme, das Verdunkeln, das Zögern, Denise traf die Töne immer wieder richtig. Als würde sie zu
seiner Stimme werden, die liebe Denise, das bezaubernde
Hündchen …

»Aber, Monsieur, man nennt doch ein Mädchen nicht Hündchen, ist es nicht vielmehr ein Kätzchen«, unterbrach Denise sich und kicherte ein wenig.

»Oh, meine Beste, habe ich laut gedacht?«

»Ja, Monsieur Frank.«

»Ich liebe aber Hunde, und ich hasse Katzen, da bin ich zur Abwechslung mal aus einem anderen Holz als dein Chamfort«, sagte Bruno: »Es ist schwer, bei uns Unterschiede zu finden, wir sind beide außerhalb unserer Zeit, wir sehnen uns weg, aber die Sache mit den Katzen, die er so liebte, die habe ich nie verstanden. Mir waren Doggen immer wichtig, Pudel oder auch mein Spitz, den ich als kleines Kind hatte. – Denise, meine Liebe, was glaubst du, wie viele Hunde ich in meinem Leben hatte? Nun rate doch!«

»Raten? – Zehn?«

»Ha! Zehn, nein, zehn sind für mein kurzes Leben zuviel. Es waren sechs. Der Spitz, zwei Doggen in den bayerischen Bergen, zwei Pudel in München – und ein kleiner Terrier, der uns bei der Flucht nach England vom Schiff gesprungen ist. Mein Gott, das war wirklich ein dummes Tier.«

»Wieso sprang er denn über Bord?«

»Ein Junge spielte mit ihm und warf dann einen Ball ins Wasser. Diese Geschichte ist so alt wie die Hunde selbst.«

»Ja, Monsieur.«

»Nun lies noch ein wenig, du Kätzchen, damit wir zum Schluss kommen. Ich schreibe so gern das Wort ›ENDE‹ unter eine Sache. Das will ich unbedingt noch schaffen. Die vier wichtigen Großbuchstaben«, flüsterte Bruno Frank, während seine Frau ihm wieder über die hohe, feuchte Stirn strich.

Er spürte es diesmal, bewegte ein wenig den Kopf, er öffnete die Augen, und er sah in das nahe Gesicht seiner Frau.

Gern hätte er gefragt, wo er sei, aber er erinnerte sich nicht an das Ortwort, das er dafür bräuchte. Er sah Elisabeth mit großen Augen an, sie fragte, ob es ihm besser gehe.

Er nickte, nun wieder im Besitz der Wörter: »Mir scheint, das war komisch, ich glaube, na ja, ja, es geht mir viel besser. So ein Schläfchen am Vormittag, das ist doch das Beste. – Sag, meine Liebe, wo hab ich die Manuskriptseiten hingelegt? Lass mich noch ein Stündchen bis zum Mittagessen arbeiten. Ich fühle mich nun wieder kräftig. – Und wie geht euer Arbeiten voran?«

»Ich bin soweit fertig«, sagte Lion von seinem Schreibtisch aus: »Wenn ich darf, helfe ich dir beim Korrigieren. Gib mir ein paar der Seiten, ich mache ein paar Vorschläge an den Rand, dann brauchst du nicht die ganze Seite zu lesen, sondern nur mein Gekritzel.«

»Ach, Lion, Schriftstellerfreundschaften, das sind doch auch ganz komische Dinge, oder?«, sagte Bruno und verzog die Mundwinkel nach oben.

Wieder polterte ein Geräusch vom Erdgeschoss aus durchs ganze Haus, die vier Freunde zuckten zusammen, ehe der Hausmeister von unten eine Entschuldigung hinterherschickte. Dann rief er: »Jetzt ist alles abgedichtet, und draußen senkt sich der Wasserspiegel wieder. Sie können bald herunterkommen, meine Herren und Damen.«

»Gut, Harry«, rief Lion: »Vielen Dank für Ihre schnelle Arbeit, ich schreibe Ihnen gleich einen Scheck aus. Und lassen Sie sich in der Küchen etwas zum Verzehr mitgeben.«

»Danke, der Herr«, rief Harry, erstaunt über das Angebot, ehe er sich sagte, so seien sie eben, diese Exilanten.

Jeder, wie er wollte, und alle, wie sie mussten.

Harry behielt Recht, das Regenwasser sickerte nicht nur sofort in den Boden der Steilküste, es verdampfte auch fast zeitgleich, weil die Sonne gegen Mittag wieder am Himmel stand. Der Sturm war mitsamt Wolken weiter nach Norden gezogen. Die befreundeten Paare nahmen ihr Dinner auf der Terrasse ein, und so begann diese neue Woche doch noch, wie die alte aufgehört hatte: mit strahlendem, sommerlichem Juniwetter. Vier aßen schweigend, drei sahen diskret weg, wenn dem einen ein Bissen von der Gabel fiel, doch schon beim Dessert lachten sie alle darüber.

Das Zittern von Brunos gesunder Hand verflachte und hörte schließlich ganz auf. Man redete – wie immer beim Essen – über Abwesende und über Bücher. Sie vermieden es, sich über die nahe oder ferne Zukunft zu unterhalten, und so kam es, dass sie die Konversation pflegten, bis gegen vierzehn Uhr das Telefon klingelte.

Fast mit dem ersten Zeichen erhob Lion sich, eine Entschuldigung murmelnd, und verschwand in der Villa. Wie hatte er auf diesen Anruf gewartet. Er achtete darauf, dass die Bibliothekstür geschlossen war, und setzte sich erst an den Schreibtisch, ehe er den Hörer abnahm: »Ja?«

»Lion, schön dich gleich am Telefon zu haben. Diese Überseeanrufe sind ja so was von teuer.«

»Wieso, wo bist du denn, Gottfried?«

»Auf dem Weg nach Frankfurt. In Belgien, ich habe mit Hesse und Döblin ein paar Sachen besprochen, doch sage mir zuerst, wie geht es unserem Bruno? Ist es so schlimm, wie alle sagen? Ich kann mir das gar nicht vorstellen. Der liebe Bruno ist doch noch keine sechzig Jahre alt! Oder?«

»Du kennst ja seine lebenslange Krankheit, die bricht immer mal wieder aus; dazu das ganze Exilwirrwarr, siebzehn

Wohnsitze in sechs Jahren in vier Ländern! Also, ich denke, sein Herz macht es nicht mehr so lange, darum erwarte ich ja so dringend deinen Anruf! Ich würde ihm die Nachricht so ungemein gern noch überbringen. Es kann sich nur noch um Tage handeln, Gottfried, verstehst du? Darum hoffe ich, ihr vom Verlag habt eine Entscheidung getroffen.«

»Das haben wir. Ich weiß aber nicht, wie ich es dir beibringen soll. Lion, das ist nicht leicht für mich.«

»S. Fischer macht es nicht?«

»Leider nein. Wir haben, verstehe du bitte, es ist auch eine Sache des Geldes, ich meine, über ein oder zwei Bücher hätten wir reden können, aber eine ganze Werkausgabe? Gerade in diesen Aufbruchsjahren, ich meine, wir wissen zu wenig über die nahe Zukunft.«

»Du weißt, dass Thomas Mann für jedes Buch ein Vorwort verfassen würde? Ich würde ein Nachwort beisteuern. Gottfried, das ist eine Glaubenssache für uns alle. Sogar Kommunistenbrecht würde was machen, was Kleines, das hat er selbst gesagt. Wir alle, die wir überlebt haben, wir wollen Bruno diese Überraschung bereiten. Bruno Frank ist uns eine so wichtige Mitte in all den Jahren gewesen, und immer wurde er unterschätzt, allein seine *Politische Novelle*! Oder *Der Reisepass*! Diese Dinge müssen jetzt …«

»Ich verstehe das ja alles, aber sechs Bände? Wir reden über sechs Bände! Und da sind noch nicht einmal die ersten beiden Romane und seine ganzen schönen Gedichte dabei. Auch Hesse hat mir von Brunos Gedichten vorgeschwärmt, die er in jungen Jahren verfasst hat. – Aber es ist einfach zu viel. S. Fischer kann es nicht machen, aber hast du schon die Rowohltleute kontaktiert? Die haben doch vor dem Krieg gut mit seinen Friedrichromanen verdient. Versuch doch das.«

»Es wird nicht klappen, von der Zeit her. Bei euch war alles schon vorbereitet, bei Rowohlt muss man ja erst mal die Grobplanung machen, ehe da eine Entscheidung fallen kann, das dauert zu lange. Bruno hat sich eine Werkausgabe so gewünscht. Und er hat sie sich verdient. Sein *Cervantes* ist eine Goldgrube, mein Freund! Eine Goldgrube! Und *Der Reisepass*, das ist eine ganz andere Abrechnung mit Nazideutschland, anhand der Werke Goyas, das ist echte Literatur! Kein Propagandamist. – Ach, du kennst doch seine Bücher, Gottfried, ich muss dir doch nichts erzählen. – Oder denk nur an *Die Tochter*, das ist bestes jüdisches Weltbürgertum, da setzen wir wieder an, Gottfried!«

»Lion, auf eins kannst du dich verlassen: Ich habe gekämpft. Ich hab in der Verlagsrunde gefordert, gedroht, ich habe sogar gebettelt, aber am Ende stehen für einen Verleger immer diese verdammten Zahlen da. Und wenn die nicht schwarz, sondern rot sind, dann ist da wenig zu machen.«

»Ach, hör auf! Seine Friedrichromane haben vor dem Krieg neun Auflagen gehabt! Und der *Cervantes* ist sogar hier in Amerika ein Renner gewesen!«

»Ach, versteh doch.«

»Na ja, ich begreife es, aber verstehen kann ich es nicht, Gottfried, ich bin tief enttäuscht. Und euer Goldesel Thomas wird enttäuscht sein, glaube mir, ach, ich drohe dir jetzt lieber nicht. Ich lege jetzt lieber auf, weil ich mich sonst nicht länger beherrschen könnte; Gottfried, wir telefonieren nächste Woche noch einmal. Bis dahin!«

Ohne eine Antwort oder einen Abschiedsgruß abzuwarten, legte Lion Feuchtwanger auf, erhob sich und ging zum Südfenster der Arbeitsbibliothek.

Er sah nach unten, wo die drei am großen Esstisch saßen, und rieb sich die Lippen mit der Faust. Dann schlug er gegen das Fensterkreuz und verließ das Zimmer.

Unten wurde er schon neugierig erwartet. Er lächelte zuerst seine Frau an, dann setzte er sich und nahm einen Schluck vom kalt gewordenen Mokka.

»Wer war es denn?«, fragte Marta.

Lion zwang sich zu einem Lächeln, er stellte die Tasse ab und sagte: »Es war Gottfried Bermann Fischer, dieser junge Verleger.«

Sofort leuchteten Brunos Augen, Lion konnte gar nicht hinsehen.

Erwartungsvoll schwieg Bruno, er versuchte ruhig zu bleiben, sein Herz zu schonen, aber das Pochen wurde schnell viel zu stark.

»Und was sagt Gottfried?«, fragte Elisabeth.

»Gottfried sagt, dass sie die Werkausgabe als Gesamtausgabe der Werke von Bruno Frank – veröffentlichen werden!«

»Nein!«, schrie Bruno auf.

»Ich gratuliere!«, sagte Lion. Er stand auf, umarmte den Sterbenden und drückte ihm das Gesicht tief in die Schulter.

»So eine schöne Nachricht«, sagte Elisabeth.

»Sie sollen aber mit dem Druck noch warten, bis sie meinen Chamfort haben, damit sie den als Erstausgabe gut platzieren können. Sie sollen warten.«

»Das werden sie, Bruno, das werden sie gerne tun«, sagte Lion Feuchtwanger und entschuldigte sich. Er verließ das Grundstück durch die Gartentür und ging den Pfad hinunter zum Ozean, tief erfüllt von der Scham, einen sterbenden Freund belogen zu haben.

Einerseits ist die Freude etwas Schönes, stellte Bruno Frank gegen Abend dieses Montags fest, andererseits kann sie einen aber auch umbringen.

Den ganzen Nachmittag hatte er damit zugebracht, sich nicht vorzustellen, wie sein Lebenstraum doch noch in Erfüllung ging. Die sieben Bände mussten ja nicht gleich im Schuber präsentiert werden, ihm reichten einfache Bücher, aneinandergereiht, damit der eine oder andere Leser Vergleiche ziehen konnte.

Die Romane würden freilich am ehesten auffallen, nur der wirklich Interessierte würde sich einen der Novellenbände vornehmen, und ob dieser Mensch dann auch gleich *Die Monduhr* finden würde oder *Das Böse?* Am liebsten war ihm ja seine Novelle *Bigram;* so hätte man leben müssen, wenn man so hätte leben können: biegsam.

»Biegsam, seien Sie besser ein wenig biegsamer, Monsieur Chamfort«, das hätte er dem Moralisten gern gesagt: »Seien Sie doch eher wie Cervantes! Auch wenn der Spanier erst ganz am Ende seine Bestimmung fand, immerhin hat er sie gefunden, mein lieber Chamfort! Vielleicht muss man nicht ständig versuchen, die Welt zu verändern, sondern sich selbst ab und an ein wenig korrigieren, sich ein wenig neu justieren, Chamfort, nun werden Sie nicht gleich wieder ausfallend ungerecht.«

Er schreckte aus seinen Gedanken auf und sah Elisabeth an, die neben ihm saß: »Du bist da.«

»Sicher, mein lieber Bruno, sicherlich.« Sie schob ihn mit dem Rollstuhl durchs Gartentor, ging den schmalen Steiluferweg entlang und erreichte die weiße Holzbank, die die Feuchtwangers hier hingezimmert hatten – aufs Landende.

Das Ehepaar saß schweigend auf der Bank, der Stuhl stand ein wenig entfernt, und zusammen sahen sie auf den spiegelglatten Ozean. Die Sonne war schon rotgold und befand sich nur noch einen Fingerbreit über dem Horizont. Wie jeden Abend sahen die Franks dem Sonnenuntergang zu, doch heute konnte Bruno seine Nervosität nur schwer verbergen. Er sagte dann auch zu Elisabeth, dass sie gleich noch eine Menge zu erledigen hätten. Sie müssten die Reihenfolge der Novellen und Gedichte planen, damit die Herausgeber nicht so viel Arbeit hätten.

Elisabeth fragte leise, ob er ihr zuliebe auf die Neuveröffentlichung seines zweiten Romans verzichten könne.

Er sah sie lange an, fast verpasste er das Eintauchen der Sonne ins Wasser. *Die Fürstin* bedeutete ihm viel, er konnte lange nicht zustimmen, dann nickte er doch: »Ja, Elisabeth, lassen wir Matthias, den Diener der Frauen und der Fische, lassen wir Matthias weiter glücklich am Mittelmeer sein. Er ist in seiner Einsamkeit ja so gern gefangen. – Du bist eine kluge Frau! – In meinen wenigen Interviews habe ich immer gesagt, ich würde nicht autobiografisch schreiben, aber wenn man sich das Buch einmal genauer ansieht – du hast vollkommen Recht, es wäre nicht gut. Man würde mich ja doch wieder nur mit dem Romanhelden gleichsetzen. Ach, was machen es sich die Berufsleser auch immer leicht, sobald man keine historische Vorlage benutzt. Dass man nur mal eine Möglichkeit durchspielt, das glauben sie einem nie. Und selbst wenn man eine Biografie nacherzählt, dann sagen sie noch, man wäre wie Chamfort oder Cervantes, nur weil man die Sehnsucht hat, wie Chamfort, Cervantes oder Friedrich zu sein. – Oh, mich strengt das Reden jetzt doch sehr an, Elisabeth, ich glaube, du bringst mich besser zurück. Mir wird es kühl um die Schultern.«

Sie nickte, sah gerade noch den letzten Splitter Glutrot verschwinden, fast leuchtete das Himmelblau hellgrün auf, und während die letzten Wolkenschlieren ins Dunkelgrau wechselten, half sie ihrem sterbenden Gatten in den Rollstuhl. Sie schob ihn über Kies und Sand; im Schatten der Riesenmammutbäume war es wirklich schon kühl, stellte sie fest, und unerwartet überkam sie die mütterliche Angst, ihr Mann könnte sich eine Lungenentzündung zuziehen. Augenblicklich schob sie schneller.

»Morgen sehe ich die letzten Seiten durch, dann kannst du den Chamfort nach Deutschland schicken, meine Liebe«, sagte er, während sie durchs Gartentor kamen: »Ab Mittwoch machen wir die Reihenfolge für die Gesamtausgabe. Das ist dann der Zwanzigste! Wieder eine unserer beiden Zahlen: sechzehn oder zwanzig, Liesl.«

Am Pool saßen die Feuchtwangers beim Cocktail. Sie hörten Radio, die neusten Nachrichten aus Europa. Es waren keine glücklichen Mienen, die da lauschten, dachte Bruno. Gern hätte er gar nichts mehr gehört, gern hätte er sich oben in der Bibliothek vergraben, um einen Plan der Werkausgabe zu entwerfen, aber Elisabeth blieb mit ihm stehen, und er wagte es nicht, ins Schweigen hineinzureden. Er dachte nur daran, dass in Europa der neunzehnte Juni schon begonnen hatte. Was hatten die es gut!

»Möchtet ihr auch noch einen ›Gute-Nacht-Drink‹?«, fragte Marta, aber Elisabeth wehrte stumm mit der Hand ab, ehe sie sagte: »Oh Gott! Thüringen wird sowjetisch, ich fürchtete es.«

»Ach, nein!«, sagte Lion: »Sie werden Deutschland doch

nicht teilen, das ist doch unvorstellbar! Gab es schon je ein Land, das geteilt worden ist?«

»Die Westmächte werden dem russischen Bären einen schönen Batzen Geld hinwerfen müssen, wirst sehen, am Ende hat doch alles seinen Preis«, sagte Marta.

»Jedenfalls hat Stalin schon mal eine deutsche Kommunistenpartei gründen lassen, in Berlin!«, sagte Bruno, ehe er anfügte, er nehme doch einen kleinen Gin mit ein wenig Tonic, Zitrone müsse nicht, könne aber sein.

Marta nickte, ehe sie zum Getränketischchen ging und einen letzten Drink für diesen Tag mixte. Bruno nahm ihn mit auf Gästezimmer, das er sich mit Elisabeth teilte. Es war ihm unangenehm, dass sie sein nächtliches Stöhnen und Wimmern mitbekam, er hatte sie so sehr gebeten, ihn einstweilen in der Nacht alleinzulassen, aber auf diese Bitte war Elisabeth nicht eingegangen. Sie half ihm, sich bettfertig zu machen, schob ihm zwei Kissen in den Rücken und drückte ihm das Glas in die gesunde Hand. Dann sagte sie, er könne ihr jetzt schon einmal eine grobe Liste diktieren, welche Novelle in welchen Band solle. Und wie alles geordnet werden solle.

Es blieb ein kurzer Versuch, denn schnell merkte Bruno, dass er sich an die meisten seiner Werke gar nicht mehr erinnern konnte. Was hatte er in all der Zeit eigentlich gemacht? War es überhaupt richtig, dass er sich um eine Werkausgabe bemühte? War das nicht selbstherrlich? Sollte er nicht besser wie Chamfort verschwinden? Bruno nickte und sagte kurz vor dem Einschlafen zu seiner Frau: »Ich möchte nicht, dass Briefe an mich oder von mir veröffentlicht werden. Alles Unveröffentlichte wirfst du bitte ins Feuer. – Bis auf den Chamfort natürlich, der ist eine

Goldgrube, der wird dir ein Auskommen sichern. Damit kannst du auch die Stiftung weiter finanzieren, meine liebe Frau, zum Glück haben wir das noch geschafft! Es ist eine wichtige Sache für einen Schriftsteller, eine Frau wie dich an seiner Seite zu haben. – *Chamfort erzählt seinen Tod zu Ende*, das ist nur für dich!«

Darauf sagte Elisabeth Frank nichts.

Sie nahm ihrem Mann das Glas aus der Hand, zog eines der beiden Kissen weg und löschte das Licht.

Immer noch zirpten Grillen, auch, als sie mitten in der Nacht aufschreckte. Neben ihr brüllte Bruno immer wieder, er werde nicht schießen.

Sie wusste, er hatte wieder seinen Albtraum aus der Zeit, als er im Ersten Weltkrieg bei Verdun gekämpft hatte. Er werde nicht schießen, rief er ununterbrochen, bis er dann doch schoss.

Wieder und wieder, Nacht für Nacht, seit über zwanzig Jahren. Wenigstens waren die Grillen für ein paar Minuten still.

Bis sie dann doch wieder zirpten.

FÜNFTER TEIL

Ein Höfling sagt beim Tod des Sonnenkönigs:
»Nach seinem Tod kann man alles glauben.«
Chamfort.

Für Frankreich gewinne ich weit vor dem erfüllenden Liebeserlebnis mit Marthe-Anne Buffon die wichtigste Literatenschlacht. Ein verträumter Zwanzigjähriger, der sechzehnte Ludwig, besteigt gerade den Thron, entlässt die Minister seines Großvaters und verhilft der alles beherrschenden Philosophie zu einem Triumph über den adligen Pöbel. Gleichzeitig lobt man in der Akademie zu Marseille das Thema für den jährlichen Dichterwettstreit aus, der – wie jedes Jahr – ganz Frankreich in Atem hält.

Und das ist der große Tag Chamforts, denn das gestellte Thema ist auf ihn zugeschnitten. Wie jedes Jahr hat er nur einen einzigen echten Kontrahenten, wie jedes Jahr ist es La Harpe – der jetzige Feind und einstige Freund aus Kölner Jugendtagen –, zumal diesem das Thema bereits vorher heimlich zugestellt worden ist, sodass er sich gut hat vorbereiten können.

Der lang anhaltende Stellungskrieg entbrennt aufs Neue. Chamfort muss wiederkehrende Tiefschläge erdulden, der Mann, der doch nicht zum Dulden taugt.

La Harpe ist sich auch diesmal seiner Sache sicher.

Aber er siegt nicht, und das, obwohl er sein Manuskript anonym und mit einem eigenen Empfehlungsschreiben versehen hat: La Harpe zirpt wunderschön, doch Chamfort bringt die Ernte ein.

Für Frankreichs Größe gewinne ich siebzehnhundertvierundsiebzig, und halte mich – entgegen meinem Naturell – fern von Paris bescheiden in den Pyrenäen auf.

Dieser Sieger muss keine Ehrenrunden drehen, Chamfort beteiligt sich nicht an der Verbindung zwischen Thron und Aufklärung; ich also erhole mich in Barèges, im Kurheilbad nahe der Grenze zu Spanien, berühmt wegen jener Schwefelquellen, die Hautkrankheiten heilen.

Ins Bastantal dringt keine Neuigkeit, weil es das schlechte Wetter fast ständig von der Außenwelt abschirmt. So freut es die Kurgäste auch ungemein, als Chamfort eintrifft, der gute Unterhalter – noch ist er ein die Frauen liebender Charmeur – ganz der Sieger: Denise, allein schon sein Name macht die noblen Frauen ganz kribbelig.

Madame de Grammont, Madame de Tessé, Madame d'Amblimont, Madame de Choiseul-Beaupré, vier Freundinnen, von denen ihn jede einzelne für vier liebt, gedeckt von der Herzogin von Gramont, einem von Ehrgeiz zerfressenen geistigen Dragonerweib, einer enttäuschten Nacheiferin Katharinas der Zweiten, einer Gönnerin Rousseaus, einer früheren Kammerfrau der Madame de Pompadour und der Madame de Deffand und ein buntscheckiger Theatervorhang: Chamfort ist ein hochzufriedener junger Mann, der sein Bestes gibt, um bescheiden zu sein.

Sein siegreiches Stück sorgt für gigantische Einnahmen an den Theatern Frankreichs, das ist zu viel für den erfolgsverwöhnten La Harpe, der eine neue Lesungstour beginnt und überall in Frankreich ausruft: »Oh! Du gerechter Richterspruch der Zeiten, du wirst kommen!«

Doch selbst Voltaire empfiehlt Chamforts *Éloge de La Fontaine*: »Die vollkommenste, die man jemals in allen Akademien der Welt gesehen hat. Phidias hat über Praxiteles gesiegt!«

Wie lange hat man Chamfort als Bastard verschrien?

Wir vergessen es nicht!

Wie lange hat man ihn wie ein Kind behandelt?

Wir vergessen es nicht!

Wie lange hat man ihn als Günstling von Dirnen und Herzoginnen belächelt?

Trotz der weiter anhaltenden Feindschaft der Philosophen wird er nun als empfindsamer Dichter angesehen, und selbst Madame de Deffand lädt ihn in ihren Salon ein. Das ist ein schöner Augenblick für Chamfort, der sich trotzdem vor dem Erfolg schützt. Die Antike bildet ihm fortan eine sichere Balustrade vor der Gegenwart und vor seiner Angst: Er fürchtet die Freude.

Hellsichtig, heißt es, sei er, aber es ist sein Charakter, der ihn im Moment des Steigens ans Fallen denken lässt. Sein ruhmvolles Kunstwerk ist nur ein Geisteswerk, ein Nachsinnen über jemand anderen, aber was hat er selbst mit vierunddreißig Jahren erschaffen?

Sicher, Chamfort hat mit leichter Hand Komödien verfasst, er hat über die Kunst des Schreibens geschrieben. Er fordert, mit dem Analysieren aufzuhören – und analysiert selbst doch ununterbrochen.

Er erklärt: »Alles Neue in der Literatur ist in letzter Zeit so überspannt!«

Chamfort weiß, um ein großer Schriftsteller zu sein, muss man alles bereit finden, man darf sich nicht mit dem Vorbereiten aufhalten.

Aber er findet nichts bereit, er ist ein Mensch, der unter einem ungünstigen Stern geboren ist. Da niemand zurückkann, um die liegengelassenen Punkte der Jugend aufzusammeln, erwägt der großartige Chamfort im Moment des Triumphes, sich für das Schweigen zu entscheiden.

Wozu kämpfen, wenn man keine Waffen hat? Wozu arbeiten, wenn man kein Werkzeug hat? Wozu die Waffen und Werkzeuge der Gutbetuchten mustern, die aus Gleichmut literarisch werden?

Und wozu weiter nach Ruhm streben, wenn man ohne Hilfsmittel einen Überraschungssieg errungen hat?

Ruhm ist Zufall. Zufall kann man erzwingen. Zwang kann man finanzieren. Finanzen kann man erben. Erben kann man – muss man aber nicht.

Chamfort zieht sich in eine Wohnung in Sévres zurück, er schwört, er schreibt sein letztes Stück! Es soll ihn zeigen als Ernsthaften und Talentierten, es soll eine Tragödie sein. Einmal den Beweis antreten, sein Ruhm sei kein Zufall.

Denn wer günstig siegt, der muss den Beweis seines Könnens antreten. Ruhm ist Zufall, der Beweis ist es nicht.

Und wenn er ausbleibt, der Beweis, dann ist auch das kein Zufall, nicht der geringste.

Hundertmal unterbricht die Krankheit die Arbeit an der Tragödie; Ausflüchte! Dreimal wird der Titel geändert; Ablenkungen! Im Fall einer Niederlage will Chamfort das Spiel aufgeben, bei dem er nur Sieger oder Ausnahme sein will; hoppla, die Tragödie ist ja tatsächlich anspruchsvoll!

Chamfort braucht eine Intrige, um sich den Theatererfolg zu erzwingen, denn wer keinen finanziellen Zwang ausüben kann, dem bleibt immer noch die Politik. Die Intrige gelingt!

Am ersten November siebzehnhundertsechsundsiebzig wird *Mustapha et Zéangir* vor dem Königspaar Frankreichs gegeben; der junge König weint!

Die wunderschöne Königin Marie-Antoinette huldigt Chamfort: »Das Vergnügen, das mir die Vorstellung Ihres Stückes bereitet hat, wollte ich mit dem verbinden, Ihnen mitzuteilen, dass der König, um Ihre Talente anzuspornen und Ihren Erfolg zu belohnen, Ihnen eine Pension von eintausendzweihundert Livres aussetzt.«

Die Aufnahme in die Akademie; nur noch eine Frage von Tagen! Noch am gleichen Abend ernennt der Cousin des Königs Chamfort zum Geheimsekretär. Chamfort lehnt ab!

Dann sagt er zu; die Hofleute rühmen Chamfort, dass man es mit Vergnügen hört, und selbst der Rivale La Harpe gesteht, dass kein Schriftsteller seit Langem so viel Bewunderung erregt hat.

Doch Versailles – ist nicht Paris – Chamfort wird – überführt: Plagiat! – Plagiat, Plagiat: Chamfort kann – nichts! Kein Vorwurf, es sind Beweise da.

Eine neue Intrige beginnt; gegen das Stück diesmal.

Chamfort möchte sterben – darf aber nicht – er ist zu jung dafür. Er tritt ins Kloster der Autoren ein und schweigt bis zum Tod. Täglich jedoch verfasst er Maximen, die er abends in eine portugiesische Truhe wirft.

Sparen wir uns das Dilemma seines Scheiterns, Chamfort möchte darüber kein weiteres Wort verlieren. Chamfort schaut in die Augen eines schönen Mädchens, das ihn liebt. Chamfort ist sterbend, absterbend, ihm bleiben noch Minuten, höchstens bleibt ihm an diesem dreizehnten April siebzehnhundertvierundneunzig eine Stunde, die ihm zur glücklichsten wird: Er stirbt in den Armen der Jungfrau Denise, die ihm zur Gattin geworden ist: Denise de Chamfort.

Für Hunde bekundete er eine tiefe Verachtung, weil er sie für unterwürfig und kriecherisch hielt, aber er zeigte große Achtung vor Katzen, er schrieb ihnen einen unabhängigeren Charakter und nicht weniger Anhänglichkeit zu; mein Kätzchen Denise, so denkt Chamfort noch immer.

Natürlich, damals die Agonie, La Harpe will seine Stellungnahme öffentlich bekanntgeben. Seine Kritik erscheint auf endlosen dreiundzwanzig Seiten, er seziert den Leichnam der Theatertragödie mit grausamer Objektivität und greift den zwölf Jahre lang ausgearbeiteten Plan von beiden Flanken her an; er fordert zum Schweigen auf.

Chamforts hartnäckiger Widerstand wird aufgerieben; viele Mäuse sind des Kätzchens Tod, meine Denise. Chamfort versteht endgültig, er ist im falschen Jahrtausend geboren; die Antike ist nicht mehr.

Er verabschiedet sich von der Nachwelt und begeht literarischen Selbstmord: »Berühmtheit ist Züchtigung des Verdienstes. Berühmtheit ist Bestrafung des Talentes.«

Der beste Schüler Frankreichs entdeckt sich als mittelmäßigen Schriftsteller, das tut weh! Um der Leichtfertigkeit der Unterhaltung zu entgehen, stürzt er sich kopfüber in Schwierigkeiten: Chamfort bekämpft seine Zeit, indem er die Vergangenheit nachahmt, die Antike, das kann gelingen, muss es aber nicht. Flucht in die Vergangenheit lässt tatsächlich das Vergessen zurück.

Denn Ruhm oder nichts; es wird das Nichts sein, das Nichts des Zynismus, das Nichts der Ernüchterung, das des Nihilismus und des Ingrimms.

So ist man nichts, wenn man zeitgleich Aufsteiger und Außenseiter ist; Chamfort wechselt ins Lager der Glückseligen: das der Leser.

Für Voltaire war das Haus in Auteuil-Passy eine kleine und hässliche Kaschemme, für Chamfort, der vom Chauvinismus der Großstadt Paris flieht, die ihm nur noch ein Ort ist, wo es stinkt und wo man nicht liebt, ist es das Domizil, das guttut; ein Dorf zwischen der Seine und dem Bois de Boulogne, wo kein La Harpe wütet, wo keine Beleidigung droht, wo keine Königin dankt.

Der Schriftsteller, der – jung – zu viel erträumt hat, vergleicht sich mit einer Kugel, an der alles abgleitet.

Er hält Diät, er findet Frieden und Stille und Dunkelheit, er hat das Zimmer eines Kranken, und doch ist Chamfort gesund: Nichts kann einem Menschen etwas anhaben, der sich dazu durchgerungen hat, weder Märtyrer noch Genie sein zu wollen.

Er beginnt eine Affäre mit einer ungebildeten und drolligen Witwe aus dem Dorf, er streichelt ihre Angorakatze, die die Witwe mit Hühnerbrust füttert. Chamfort lässt sich hätscheln, er denkt an nichts, er schreibt nichts, er lebt die asiatische Weisheit, die ihm – endlich einmal – gestatten würde, sein Ich – das zerstörerische – zu vergessen: Doch vergessen kann man nicht wollen.

Man kann nur verdrängen wollen. Und das Verdrängen ist nun auch wieder zerstörerisch, schreib, mein Kätzchen Denise de Chamfort, schreib treu und fügsam, du bist mein Liebeskätzchen, Denise.

Es ist die Ironie, die Wunden heilt, nicht die Zeit. Älter wird man ganz zufällig, ironisch aber kann man nur selbstbestimmt werden, mein feuchtes Liebeskätzchen, das wirst auch du eines Tages erfahren: Man muss sich die Wunden schon selbst heilen, da hilft es nicht, einfach nur Gras wachsen zu lassen.

Ironie blüht, wenn alles abgefallen ist. Selbstverlorenheit ist der Boden, auf dem die Ironie aufblüht und der Zynismus wuchert.

Mein feuchtes Liebeskätzchen, das klingt nur paradox: ein Antischriftsteller.

Es gibt unter den Dichtern ganz große Genies, die noch nie eine Zeile veröffentlicht haben. Und auch wenn Platon die Poeten aus seinem idealen Staat ausschließt, so ist das doch eine literarische Ironie, die da blüht, denn nur poetisch konnte Platon die Poesie vertreiben; schreib, Denise, schreib das nur auch noch hin und sag mir, wenn diese letzte Seite beschrieben ist. Wir wollen keine neue mehr beginnen.

Das soll es dann gewesen sein.
Dann wollen wir uns küssen.

Sorgfältig schreibt Denise diese letzten Worte aufs Papier, ich höre es kratzen, das Kätzchen, ich kann mich aber nicht mehr bewegen, und als ich sie warten höre, da sage ich zu meiner Denise das magische Wort: »ENDE«.

Sie hält mir den Arm, da ich unter das magische Wort meine schäbige Unterschrift setze. Ich unterschreibe nicht mit meinem Pseudonym, ich zeichne mit dem Namen meiner bäuerischen Zieheltern; zum einzigen Mal überhaupt. Weil ich weiß, dass niemand die Seiten bekommen wird, kein von der Trenck, kein Sancho Panza, diese Seiten, dieses Leben wird niemand mehr missbrauchen können! Niemand, denn am Ende finde ich mehr als Liebe: Vertrauen!

Denise de Chamfort wird alles in die Wege leiten, sie ist das geliebte Wesen, dem Chamfort endlich trauen kann, vertrauen darf. So kann er glücklich sterben.

Soviel habe ich als Absterbender geredet, dass ich nun nichts mehr sagen kann. Können Stimmbänder anschwellen, sich entzünden, eitern? Ja.

Nein, ich werde keine einzige Maxime mehr aussprechen, meine gesunde Hand zittert sich zu Denises Gegenwart hin. Mein Kätzchen spürt es, kommt zu mir, legt sich an meine Seite, sie schnurrt. Sie vergibt mir. Ich vergebe der Welt, ich will keinen Pfaffen an meinem Bett, aber ich vergebe den Menschen, still, wahre Worte sind die des Schweigens.

»Monsieur de Chamfort?«

»Mein Kätzchen?«

»Darf ich Sie küssen?«

»Ja, Denise, jetzt ist alles vollbracht. Töte mich mit deinem süßen Kuss, mein Kätzchen; mein Herz soll im Trommelwirbel reißen.«

»Ich gebe Ihnen meine Brüste in die Hände, Monsieur de Chamfort, spüren Sie?«

»Ach, mein Kätzchen, ich fühle nichts mehr, welch Teufelshohn! Der Liebesbruder hat sich zwischen uns gedrängt.«

»Ja, Monsieur Bürger Marquis de Chamfort, er hat sich zwischen uns gelegt«, sage ich, während der Geistliche dem großen Meister die Augen schließt. Mein Chamfort ist tot.

Eben macht er noch seinen letzten Scherz, der wie immer gar kein Scherz ist. Er sagt zum Pfarrer, der ihm in der Todesstunde die Hostie geben will, er müsse sie verweigern, weil der Arzt ihm Mehlspeisen verboten habe.

Was bin ich für ein glückliches Mädchen, dass ich den so arg Geprüften in den Tod begleiten durfte. Ich habe ihn geliebt, ich habe alles getan, um ihm das Sterben zu erleichtern, und ich liebe ihn noch immer, denn in ihm sehe ich den Leidensgenossen, den Verstoßenen, den Unglücklichen.

Wir Waisen müssen zusammenhalten, wir Bastarde aus reichem Hause, wir letzten Zeugnisse des versnobten Adels Frankreichs, das hat mich Chamfort gelehrt, dieser Sohn eines Dompfarrers und einer Aristokratin.

Wenn die Großfamilien zerbrechen, dann müssen eben die Waisen zusammenstehen.

Jaqueline Cisternes Dauphin de Leyval gehört dem hohen Adel von Clermont-Ferrand an, dem ganz hohen, ist sie doch mit dem Generalprokurator Dauphin de Leyval verheiratet. Zudem ist sie die Mutter einer Sechzehnjährigen und einer Zwölfjährigen, als sie vierundvierzigjährig noch einmal schwanger wird – vom einfachen Domherrn der Kathedrale von Clermont – Pierre Nicolas: So ist der Bastard Zeugnis des Verrats der Mutter an ihrer Klasse, an ihrem Gatten und auch an ihrem Gott: Das ist der Rucksack des ungeborenen Chamforts! Oh, schlechte Mütter dieser Welt, soll euch eure Geilheit in die Hölle bringen!

Was wäre Kindheit ein schöner Hort, wenn man nicht für die Sünden seiner Eltern büßen müsste mit allem was man hat: dem Dasein.

Wir sind Verratene, Sébastien-Roch Nicolas de Chamfort, Denise de Bordeaux, und auch Talleyrand, der einst gestand, er habe nur eine einzige Nacht bei den Eltern verbracht; wir sind Verratene – was soll der Glaube an die Menschheit da noch helfen? –, an die Menschen, die selbst verraten, sogar sich selbst.

Ich pflege Chamfort in seinen letzten Tagen, nach dem grausigen Versuch, sich, sich selbst verratend, wegzubringen, um so die Schmach des Todes jener der Geburt gleichzusetzen.

Doch es gelang ihm nicht, er musste weiter weiterleben.

Wer verraten wird als Kind, der verrät sich selbst nun mal als Greis.

Ich liebe Chamfort in seinen letzten Stunden, weil auch ihm ein wenig Glück zusteht, auch wenn es ganz am Ende ist. Ich tue alles für ihn, ich will ihn glücklich machen, ich bin es, die ihn glücklich sterben lässt, den Armen, den Verschämten.

Der als Unschuldiger Geschändete, der das Mitleid hasst, mit dem er nun von mir gesegnet ist.

Der Zufall will es, dass der Krämer Nicolas, ein Verwandter jenes Domherrn, ein kleines Kind verliert, als sich der ungeliebte Chamfort auf die Welt bequemen muss, da schlägt die schlechte Mutter einen Tauschhandel vor, der Krämer hört sich das Angebot gern an und sagt zu, sodass am zweiundzwanzigsten Juni siebzehnhundertvierzig ein Neugeborenes unter falschem Namen getauft wird: Die Kirche schaut weg in Saint-Genès von Clermont, hält die Hand aber auf.

Chamfort erhält somit die beiden Vornamen eines eben verstorbenen und bereits getauften Säuglings, sowie den Nachnamen derer, die ihn aufziehen sollen. Auch bekommt er den Paten des verstorbenen Kindes. Chamfort heißt erst einmal nur Sébastien-Roch Nicolas. So viel Tod um eine Kindstaufe herum, kann das richtig sein? So viel Verrat an der Unschuld, kann das christlich sein? Seine Mutter ist keine Hochadlige mehr, von nun an ist es eine Dienstmagd.

Das innere Leid beginnt also schon im Jahre null; was kann der Sohn für die geile Mutter? Wie kann er sich rächen, wenn nicht mit einem ehrlichen, umfassenden, lodernden Frauenhass?

Was müssen Frauen nicht immer die Schlechtigkeit der Mütter von Bastarden ausbaden!

Ich ließ Chamfort gewähren, ich ließ ihn seinen Sadismus ausleben, ich ließ ihn machen, an mir brannte er seinen Frauenhass nieder, um versöhnt und glücklich sterben zu können. Ich, Denise, uneheliche Tochter der Herzogin de Bordeaux, opferte meine Unschuld, so wie im Alter mir ein Unschuldiger sich opfern wird; wir Bastarde, wir Waisen, die wir nie aussterben, wir wehren uns eisern gegen Schicksal und Geburtenvorrecht.

Revolution ist immer der Aufstand der Verratenen; unseren Hass sollte man immer im Auge behalten, immer.

Ja, Chamfort tat mir weh. Ja, er erniedrigte mich schrecklich. Ja, er tat mir leid. Ich liebe ihn!

Chamforts erster Winter ist unerbittlich hart. Der Bischof von Cermont berichtet, das Volk müsse den Kindern das Brot vorenthalten, um die Steuern bezahlen zu können, die der Sonnenkönig für seine Dirnen brauche.

Ja, ja, seine aufziehende Mutter entwickelt eine echte Sohnesliebe, ja, ja, sie kümmert sich aufopferungsvoll um ihn. Sie erpresst von Chamforts leiblicher Mutter einen Hauslehrer für den Sohn mit den beiden Müttern. Es kommt ein Doktor der Fakultät von Navarra, Chamfort studiert, ja, ja, in einem Alter, in dem andere seines Milieus die Eltern unterstützen müssen. Er ist ein privilegiertes Kind in einer unprivilegierten Umgebung, er wird zum besten Schüler Frankreichs, der alle Lernwettbewerbe gewinnt, aber doch nur, weil er keine Liebe in sich spürt, weil keine Gefühle seine Gedanken durcheinanderbringen, weil der unbekannte Verrat in ihm genährt wird von Ahnungen und Andeutungen.

So flieht ein Kind, wenn es verletzt wurde, oft in geistige Welten. Fortschritt ist ein Nebenprodukt des Verrats an Kindern. Das sagt Denise, Todesgattin des de Chamfort, Geborene de Bordeaux.

Es hätte gut enden können für den Kleinen, dessen erste sieben Jahre zwar gut für ihn sind, denn die Ersatzmutter streicht mehr und mehr das ›Ersatz‹ von der ›Mutter‹, doch dann begeht sie in seinem achten Lebensjahr einen grandiosen Fehler, der später ganz Frankreich erschüttert, als Chamfort einer der drei Anführer der Revolution wird, des Sturms auf die Bastille. Sie sagt ihm – die Wahrheit!

Er sei der Sohn der Herrin von Montrodeix, einem Dorf am Fuße des Berges Puy de Dôme. Deren Vorfahren stammen also aus Italien, sie sind in die Ausläufer des Zentralmassivs geflohen, weil sie im Krieg der Guelfen und der Ghibellinen bedrängt wurden; wenn das mal nicht interessant ist, denkt sich der kleine Chamfort.

Er stammt von den Chevaliers de Vinzelles ab, die also seit fünfzehn Generationen die Herren über Vinzelles, Fonfreyde, L'Orme, Veilles, Baussat, Nadaillat, Rochegonde und andere Städte sind, die die Ebene von Limagne überragen, das allerdings ist eine schwindelerregende Entdeckung, die Chamforts Identität erschüttert.

Wäre er fast ein Sébastien de Vinzelles, genauer ein Sébastien de Leyval geworden, so reicht es nur zum Sohn eines erfolglosen Krämers.

Was man als Achtjähriger da denkt? Man denkt, etwas

anderes zu sein, zu niemandem zu gehören, woanders her-
zukommen, man denkt, ein natürliches Kind zu sein, man
denkt, ein Kaspar Hauser zu sein: ein natürliches Kind im
wörtlichsten Sinne, wir wissen: Ich ist ein anderer.

Von der eigenen Mutter seines Ranges und seiner Legitima-
tion einer Konvention wegen beraubt zu werden, schlimmer, eines simplen sexuellen Fehlgriffes wegen, das weckt
den ›Großen Kummer‹, das weckt das Misstrauen eines Miss-
brauchten, das weckt Menschenhass in einem Unschuldigen,
das versüßt mit Bitterkeit die Ironie und den sprudelnden
Witz, mit dem sich ein de Chamfort schützt. Das gebiert
Geist, Charme und Sensibilität als Überlebensstrategie; es
macht einsam und stolz: trotzig in der Trutzburg des Ichs.

Oh, ihr schlechten Eltern von verratenen Kindern, euch
gilt in Wahrheit jeder Krieg und jede Revolution, jede Pro-
paganda und jede Revolte; jeder Aufruf zur Erneuerung.
Jede Erfindung von Waffen in dieser unendlich langen Reihung von Erfindungen von Waffen.

Es ist die Mischung aus Stolz und Scham, die Chamfort sein
Leben lang beharrlich über seine Herkunft schweigen lässt.
Der sonst so Redselige schweigt beharrlich: sein Umgang
mit einem nie überlebten seelischen Beben. Seelenqual und
Körperpein, sie haben im Gehirn den gleichen Sitz.
    Fortan wird Chamfort sich verletzt fühlen, auf ewig; er
geht und bricht mit seiner Herkunft. Er geht und wird kind-
licher Student im Moloch Paris; Rimbaud wird folgen, aus
dem Norden kommend.

Die Herrin von Montrodeix, seine wahre Mutter, stammt
von den Cisternes ab, die seit dem Jahre dreizehnhundert
in der Auvergne bekannt sind und deren Adel dem Ritter-
tum angehört, damit dem ranghöchsten Adel der Region.
Der Muttervater und der Mutterbruder, das sind die Präsidenten des Steueramtes und der Finanzverwaltung von
Clermont – und als Zugehörige des provinziellen Muster-
adels die ersten Opfer der Revolution, die Chamfort geistig
vorbereitete, als er schrie: »Gleichheit für alle! Friede den
Hütten! Krieg den Palästen!«

Oh, ihr Verfluchten, habt Furcht vor dem unbestimmten
Hass eines einsamen Stolzen: Chamfort, der aus einem alt-
ehrwürdigen Schloss in einen von der Not leergeräumten
Kramladen geriet, dieser Chamfort allein kennt die Ohnmacht des Mannes mit der eisernen Maske. Er ist wirklich
ein königlicher Bettler, der es durch seinen Geist bis zum
französischen Königsthron schafft – und weiter: bis zum
Revolutionshelden, ehe die Revolution selbst ihn wieder in
die schimmligen Kerker von Paris stößt. Das Scheitern ist
nur die Überwindung des Scheiterns.

Chamforts Aufbruch aus Clermont hat unleugbar zu einem heilsamen Bruch mit den Herkunftsmilieus geführt,
die alle Ebenen der sozialen Rangordnungen der Auvergne
umfassen. Er gerät ins Collège der Grassins, eine der besten Schulen Frankreichs, man benötigt eine Erlaubnis, um
das Gebäude verlassen zu können, in einem Verschlag bei
den Toiletten warten Zuchtmeister, um schreiende und
raufende Kinder zu peitschen, und doch findet Chamfort
hier Selbstsicherheit und Ruhe. Er wird alle fünf Wettbe-

werbe für Schüler gewinnen, im Essenssaal wird sein Name in Goldlettern stehen: fünfmal auf Ehrentafeln.

Er wird Unterlegene verspotten; schön, fröhlich, ungestüm, boshaft, fleißig, schelmisch, so gewinnt er alle Preise, als hätte er eine Wette abgeschlossen. Und er urteilt im Kindesalter nicht nur über Dinge, sondern auch über Menschen, denn er sah ja bereits in den Abgrund der Zwischenmenschlichkeit. Chamfort bewundert Chamfort bewundert Chamfort.

Er verbessert den Lehrer des Altgriechischen, dessen Primus er doch ist, und das geht zu weit. Noch ehe er verstoßen wird, ruft er aus: »Schluss mit lustig, Schluss mit Schule!«

Er will nach Amerika und kommt bis Cherbourg, als er seinen Komplizen fragt, wie es damit wäre, sich erst selbst zu erkunden, bevor man die Welt erkunde?

Die beiden kehren zurück, Chamfort wird erneut Primus, er hat einen eigenen Hofstaat, verfasst Parodien auf die Parodien Voltaires, der Leibniz parodiert hat.

Doch auf Dauer langweilt ihn das, er entscheidet sich gegen die gesicherte Existenz eines Geistlichen, er sagt dem Direktor ins Gesicht, zu sehr liebe er Ruhe, Philosophie, Frauen und Ehre, zuwenig hingegen Heuchelei, Streitigkeit, Ehren und Geld.

Freiheitsdrang, gepaart mit einem gründlichen Studium der Antike, das wird sein geistiges Fundament auf Lebenszeit sein. Er wird gegen die ständige Anonymität ankämpfen – und den Kampf verlieren, denn bei seinem Tod sind keine vier Leute anwesend.

Chamfort will nicht nur leben, er will überleben: in der Nachwelt als Name! Damit er, wenn er stirbt, wenigstens eine eigene Biografie hinterlassen kann, wenn er schon keine familiäre hat. – Allein, es wird misslingen.

Schon zu Lebzeiten wird ihm klar, dass er keinen Namen in der Bibliothek haben wird, keine Werkausgabe seiner Arbeiten, nichts wird übrig bleiben von ihm, außer ein paar Maximen und Anekdoten.

Chamfort, der junge, will den einfachen Gesten und den banalen Sätzen einige Rätsel hinzufügen und auf Autoren warten, die sie entschlüsseln. Er hat von guten Lehrern gelernt, die das grausamste Schicksal ereilte, nämlich als Unbekannte zu sterben, meint er. Er sucht das Schicksal eines Gelehrten, indem er sich mit einem eigenen Kompass schützt: im Norden der Heroismus, im Süden der Zynismus, im Osten die Tragödie, im Westen die Satire.

Gleichzeitig will er groß und moralisch sein, schwärmerisch und wahrhaftig, leidenschaftlich und selbstbeherrscht; der mit einer intuitiven Intelligenz Ausgestattete will der Rechtschaffenheit des Umfelds und der Verlogenheit der Herkunft die ideale Kultur als unendliche Zukunftsvision entgegensetzen. – Allein, er wird scheitern und erkennen, nur ein mittelmäßiger Schriftsteller zu sein.

Ausgestattet mit Verstand und Genie verlässt der Junge Chamfort vorerst die Schule, und er wird nie verstehen, dass Verstand und Genie nicht die Welt beherrschen, und er wird nie verstehen, warum dem Genie das Zepter der Könige, das Gold der Reichen und der Titel der Großen vorenthalten werden. Ja! Chamfort hielt Chamfort für ein Genie, aber musste er das nicht, da er dort mit Riesenschritten lief, wo Privilegierte nur zu tänzeln brauchten?

Wer aus der Unterschicht dem Erfolg entgegenstrebt, der hat wahrlich den dreifachen Weg zu gehen, und wer sich weder auf Mutter noch Vater verlassen kann, der kann – allein und stolz – nur als Genie Erfolg haben; pragmatisch gesehen ist es die Quelle seines ewigen Missverständnisses: »Genies gehören zu keiner Familie, keinem Jahrhundert, keiner Nation: Sie haben keine Vorfahren und keine Nachkommen.«

So stirbt Chamfort im Missverständnis, Chamfort gewesen zu sein. Er ist nur Chamfort, der Mann, der in meinen schmalen Händen qualvoll stirbt.

Nun, Chamfort ist verstorben, nicht an den Ausläufern seines Selbstmordes, nicht einmal das war ihm vergönnt als Triumph, er starb nicht daran, dass er sich eines der Augen zerfetzt hat, dass er sich die Kehle zerfetzt hat, dass er sich die Haut zerfetzt hat, dass er sich Brust und Unterleib zerfetzt hat, er starb an seiner uralten Krankheit, die in ihm beständig Flüssigkeit ansammelte, die ihn qualvoll aufblähte und ihn zum Bersten brachte.

Und da das keiner der Ärzte erkannte und keinen künstlichen Durchbruch setzte, wo Natürliches vereitert war, starb er also, indem er sich innerlich überflutete; er pinkelte sich wahrlich zu Tode.

Und das ist am Ende Chamforts Triumph, er hat seine Krankheit dazu gezwungen, ihn endlich – in aller und ureigenster Ironie – zu töten. So wurde er sich selbst also doch noch Todeswaffe – und erfand eine Waffe mehr, seine eigene.

Das ist das Ende des großen Chamfort, das qualvolle

Ende eines quälenden Lebens, verendet im Zynismus der Natürlichkeit.

Und nun auch ich.

Denise also stirbt, dachte Bruno Frank rekapitulierend: Sie bereitet sich auf den Liebestod auf der Brust des toten Chamfort vor, wie lange schon? Den Dolch der Fürstin hat sie schon über eine Woche mit sich herumgetragen, ähnlich wie Matthias, der aus Liebe zu einer mächtigen Frau einst einen russischen Judenfeind umbringen wollte, einen Zarenstellvertreter.

Die hübsche Denise, nun keine Jungfrau mehr, dachte Bruno Frank, sitzt am Bett ihres Leidensgenossen. Ihre Gegenwart ist seine Vergangenheit. Soll sie selbst jetzt enden?

Muss, sie muss, damit von der Trenck, ihr Auftraggeber, verliert.

Keine Mühsal eines langen Lebens, keine Selbstverzweiflung und Selbstvernichtung, keine Trugbilder der Hoffnung, Denise de Chamfort möchte keine Speerspitze sein und kein Schild. Mein Sterben also auch ein recht glückliches.

Es ist der Morgen des dreizehnten Aprils siebzehnhundertvierundneunzig, wieder zieht ein Trupp Republikaner brüllend und schießend unter den Fenstern der Rue Neuve des Petits Champs Nummer achtzehn vorbei. Auch heute werden Denunzianten Köpfe rollen lassen, Spitzel werden zugunsten ihrer eigenen Vorteile handeln, inoffizielle Mitarbeiter werden Notizen zu den Ämtern bringen, eingeschleuste Informanten werden Dinge erfinden, um sich einen nächsten Tag, ein weiteres Zubrot zu sichern, das alles liegt hinter Chamfort, ihrem großen Chamfort, dessen Schwäche Denise gesehen hat, der große Mann, der für sie wie ein Kleinkind war.

Fast vier Monate hat sie seine Launen ertragen, seine Eigenliebe, seine Bitternis, weil sie sich bereits nach acht Wochen in ihn verliebt hatte. Es waren göttliche Monate, die ihnen blieben, Denise weiß, dass auch Chamfort sie geliebt hat, sein Kätzchen, das ihm die Füße wärmte.

Allmählich tritt die Leichenstarre ein, Denise müsste jetzt etwas unternehmen, Chamforts Freunde Ginguené und Colchen haben das Sterbezimmer an diesem Sonntag für eine Zigarettenlänge verlassen, aber wie Chamfort einst am Bett seiner toten Marthe blieb, bleibt auch sie bei ihm.

Denise erinnert sich, sie steht auf, zieht die Vorhänge der beiden Fenster zu, zwischen denen der Tisch steht, an dem sie so lange saß, um das Manuskript Seite für Seite zu schreiben, das er ihr diktiert hat. Sie geht zur hohen Flügeltür, verschließt sie von innen, stellt einen Stuhl unter die Klinke und schiebt eine Kommode über die Dielen zur Tür.

Von ihrer hübschen Stirn perlen Tropfen, sie wirft trotzdem Scheite in den Kamin und entzündet das Holz mit einem Band La Harpes. Der soll es nur nicht wagen, ihren Chamfort noch einmal zu demütigen, noch einmal zu verhöhnen. Chamforts junges Kätzchen zieht sich nackt aus und wirft die Kleider ins Feuer. Sie tritt vor den mannshohen Spiegel und besieht sich, die prallen und großen Brüste, die ihr Chamfort so geliebt hat. Sie erinnert sich an seine zitternden Hände, die ihre Brüste umfassten, zart zunächst, dann hart und streng. Denise de Chamfort, geborene de Bordeaux, lässt Schamhaare durch die Finger gleiten, streichelt sich über den Unterbauch, liebkost den Bauchnabel und denkt an das geschundene Gesicht ihres Liebsten, auf dem sie vorsichtig saß, seine Zunge in ihr. Sie lächelt, streichelt sich die Brüste, knickt eines der Beine ein, sieht zu, wie ihre Hände mit den harten Brustwarzen spielen, die großen Höfe auf den Brüsten werden röter, langsam versteinert jedoch das Lächeln auf dem Gesicht von Denise de Chamfort, geborene de Bordeaux. Sie denkt an den Dolch. Er kommt von den Assisis in Arabien.

Mit der Spitze des Halbmonds reißt man sich das Herz heraus, Denise weiß, mit diesem Dolch schneidet man keine Handgelenke. Mit ihm zerfetzt man sich. Die Klinge ist eine Handbreit lang, Denise nimmt ihre Brüste in die Hände, sie wird sich das Herz zwischen ihnen herausholen müssen. Sind Brüste ein natürlicher Schutz vor Mord oder sind sie tatsächlich die Verlängerung des Herzens, wie Chamfort ihr sagte, der sich nicht sicher war, ob auch Männer Herzen haben.

Der Griff ist gerade breit genug für die zarte Hand des süßen Kätzchens, das so honigartig schnurren kann, wie es ihr Chamfort – schon leicht benebelt von Arzneien – vorhin noch zugeflüstert hat. Der Griff endet mit einer grünen Kostbarkeit, einem Edelstein, der geschliffen ist und in der Sonne glänzt. Der Griff selbst ist aus purem Gold, nur die Schneide ist harter Stahl, die krumme Spitze ist so dünn geschmiedet, dass man mit ihr Nähnadeln spalten könnte.

Jedoch passt die Scheide nicht zur Schneide.

In Ermangelung der ursprünglichen schenkte Chamfort

ihr ein anderes Etui; zuviel war ihm von der Republik gestohlen worden!

Es ist das Behältnis für ein Langmesser, und da es lediglich aus Kaninchenleder ist, ist es von der krummen Messerspitze schon durch und durchgestochen; doch es ist schönes, weißes, weiches Leder, vier Monate lang gegerbt oder noch länger. Denise de Chamfort schreitet allmählich zur Hochzeitsnacht, das Hochzeitsgeschenk ihres Gatten an ihrem Hochzeitskleid, dem schönsten, das die Welt je sah: weiße, weiche Haut – mit Kratzspuren, mit Bissspuren, mit Faustspuren ihres Geliebten, der sie auf dem Sterbebett ehelichte und mit dem sie nun auf dem Totenbett die Ehe vollziehen wird; Blut löscht Blut.

Denise! Mach auf! Hier ist dein Herr Friedrich von der Trenck!

Später!

Wie geht es euch da drinnen? Denise!

Gut!

Wie gut?

Mein Gatte schläft, gleich schlaf auch ich!

Dein Gatte?

Ja!

Rede nichts Dummes, Denise! Öffne!

Später!

Wie geht es dem Manuskript?

Gut!

Ist es endlich zu Ende geschrieben?

Soweit man ein Manuskript zu Ende schreiben kann: ja!

Das heißt?

Das heißt, der Tod schrieb das Wort ENDE unter die Autobiografie, mein werter Herr!

Endlich!

Ja! Aber von der Trenck wird damit keinen Missbrauch treiben können! Das ist beschlossene Sache! Es ist mit Blut besiegelt.

Es soll zur schwesterlichen Erbin des Preußenfürsten, ich setze alles daran! Zu seiner Schwester, damit sie sieht, wie einst der König selbst gelitten hat, indem sie Chamforts Lebensleid erkennt? Und ihm verzeiht, ihrem königlichen Bruder, das angetane Liebesleid! Denn überall auf Erden soll Vergebung herrschen, wollen wir das nicht alle, Denise?

Lüge! Du willst damit doch nur Geld machen, Chamfort hat dich schon vor langer Zeit durchschaut, du Schurke! – Es wird das Zimmer nicht verlassen, nichts wird dieses Zimmer je verlassen, mein verehrter Herr, bitte, habt Verständnis, habt Geduld, übt Verzicht, denn Verzicht ist der Reichtum der Heiligen!

Heilig will ich später werden, jetzt werde ich erst einmal reich, Denise, öffne mir nun also!

Du würdest das Heiligtum in diesem Zimmer stören, alles in dieser Grotte ist von nun an heilig. Was hier ist, das muss hier bleiben, es geht nicht anders.

Ich habe dich zu ihm gelassen, weil du mir das Manuskript versprochen hast, Denise de Bordeaux, nenne mich Friedrich! Du bist nicht arm, du bist kein Klostermädchen, keine Waise, du bist nur eine Herzogin auf der Flucht vor dem Franzosenvolk, Denise, da ich dein Geheimnis kenne, rate ich, gehorche mir! Nur ich, der Fremde, kann dich retten, und dafür will ich das Manuskript. Du hörst, man hat mich vorerst auf Stunden freigelassen, um hierher eilen zu können. – So mächtig bin ich! – So viel Geld habe ich!

Die Zeit des Gehorsams ist vorbei, denn mein Gatte ist hinüber. Jetzt gibt es nur noch die Freiheit der Einzelnen, die ich mit dem Tod verteidige. Dummes, dummes Herrscherschwein, gehe in den Stall hinein, gehe nicht hinaus, sonst frisst dich eine Maus – lauf, lauf!

Gut! Ich werde die Geheimagenten kommen lassen, sie werden das Manuskript holen. Sie werden Euch holen, Herzogin, heute Nacht wird Euer Kopf in den Korb fallen! Ich decke Sie nun nicht mehr, das Versprechen ist hiermit gebrochen.

Später, später!

Denise hört den Mann verschwinden, der ihr den Rücken freigehalten hat, denkt aber an Chamforts Worte zurück, die er ihr an seinem letzten Geburtstag vor sieben Tagen zugestanden hat: Meine kleine Maxime »Krieg den Palästen. Friede den Hütten!« hat so viel Unheil über Frankreich gebracht, und wenn es ganz blöd kommt, dann wird sie sehr viel Unheil über die ganze Welt bringen. Worte sind nicht wie Hunde, die man zurückpfeifen kann, leider, und mein zwanzigjähriges Schweigen hat diese eine Maxime nicht aufgewogen, die ich siebzehnhundertneunundachtzig dem Volkszorn vor die Füße geworfen habe, mein süßes Kätzchen, schreib in meine Autobiografie als Schluss, dass ich dieses kleine Gedicht zutiefst bereue; auch bedaure ich, dass man mich ernstgenommen hat, so wie es jeder Schriftsteller bedauert, dem das passiert.

Als de Chamfort und de Bordeaux feierten sie vor sieben Tagen seinen letzten Geburtstag in aller Stille. Er schenkte ihr den Dolch, so machte er ihr zu seinem Geburtstag ein Geschenk, und am Abend hielt er um ihre Hand an.

Sie sagte zu, ihn in sieben Tagen zu heiraten, ganz ohne Weihrauch und Amt, denn der dreizehnte eines Monats sei der Tag der großen Entscheidungen. Heute gaben sie sich das Versprechen, ehe der Gatte der Denise de Chamfort kurz darauf verstarb. Sie weiß, es ist eine Liebeshochzeit, eine ewige Hochzeit – und es ist höchste Zeit, ihm zu folgen.

Geheimagenten hämmern gegen die zugestellte Tür, Denise ruft, sie komme, sie komme sofort, man möge ihr noch zehn Minuten geben. Gewähren.

Nein, zehn Minuten sind zu viel, Bürgerin! Öffnen Sie!

Geben Sie mir neun Minuten.

Nein.

Ich bestehe auf acht Minuten.

Nein, Bürgerin.

Mein Recht auf sieben Minuten Leben ist heiliges Recht. Das Recht auf Leben ist heiliges Recht.

Nein, Bürgerin, wir sind gleich, und so ist auch unser Recht gleich. Gleiches Recht für gleiche Bürger. Aufs heilige Recht darf sich kein Bürger mehr berufen! Befehl von ganz oben.

Sechs Minuten!

Niemals!

Ich bestehe auf fünf Minuten.

Aber woher sollen wir sie nehmen? In Revolutionsjahren ist Zeitmangel immer das Problem der Einzelnen.

Vier Minuten, Bürger von Paris.

Es geht nicht, Bürgerin.

Ich trete hinaus, in drei Minuten.

Nein, jetzt!

In zwei Minuten.

Nein, jetzt.

Ich öffne in sechzig Sekunden, Bürger von Paris! Tretet von der Tür weg.

Endlich! Bürgerin Denise, Jungfrau von Orleans und Bordeaux, so öffnet dem Volk das Tor zu Chamfort.

Nun sagt Denise nichts mehr, es ist Punkt zwölf, wie sie von den Kirchtürmen der Stadt her hört.

Denise verteilt Kleidungsstücke im Sterbezimmer Chamforts. Sie nimmt ein Holzscheit zur Hand, das an einer Seite brennt. Denise de Chamfort tritt ans Fenster, sie sieht noch einmal auf die Straße, aufs wütende Volk, auf brennende Paläste, nirgends aber ist Friede in Hütten, überall regiert Neid, so tritt sie einen Schritt von der Glasscheibe zurück und zündet die schweren, blauen Ripsvorhänge an.

Lächelnd geht sie zur Tür und legt das brennende Scheit auf die Kommode, der Lack fängt sofort Feuer.

Sie tritt mit dem Krummdolch ans Totenbett, wo der die Menschen hassende Moralist Legende wird.

Wie er es ihr an einem Kaninchen gezeigt hat, schneidet sie ihm die Brust auf und entreißt dem Leichnam das Herz, das tote.

Denise de Chamfort legt es aufs Manuskript der fiktiven Autobiografie, die nicht fiktiv ist, da nur die Schreiberin selbst fiktiv ist, nicht aber der Diktierende, dem sterbend das Papier und die Feder fehlten.

Sein Herz, tot, liegt auf dem beschriebenen Papier. Es sind einhundertzwanzig Seiten, gefüllt mit mädchenhafter Schönschrift. Denise de Chamfort beugt sich über den Tisch.

Die Messerspitze fährt über ihre Brüste, die voller Leben sind, voller Leidenschaft.

Die krumme Spitze kommt zwischen den herrlichsten Brüsten der Welt zum Stillstand. Denise de Chamfort schaut nach oben, sie sieht in den kleinen Spiegel, der an der Wand hängt. Sie sieht ihre Augen wässern, das lässt sie für einen Moment verwundert innehalten.

Dann durchbrechen die Schergen des Aufstands, den ihr Gatte erst wollte, dann nicht mehr, die letzte Barrikade.

Voller Schreck stößt sich die zarte Denise die Messerspitze tief in die Brust. Ihr Herzblut tropft aufs tote Herz ihres großen Mannes Chamfort.

Sie sieht die Volksschergen an der Tür vor dem Feuer zurückweichen, und als sie stirbt, lächelt auch sie.

ENDE

Bruno Frank öffnete an diesem Dienstagmorgen die Augen, war erstaunt, als er das Bett neben sich leer fand, und setzte sich auf die Bettkante. Die Wanduhr zeigte sieben Minuten nach acht. Durchs offene Fenster hörte er Teller und Besteck klappern. Seine Frau fragte Marta, ob die Brötchen wohl reichen würden.

»So also wird es sein«, sagte Bruno seltsam zufrieden: »Wenn ich nicht mehr da bin. – Friede den Hütten! Friede den Palästen!«

Sodann erhob er sich, um zu seiner Frau und seinen Freunden zu schlurfen. Er fühlte sich frisch und leicht und gesund an diesem Morgen, der sein vorletzter war.

Elisabeth kam ihm entgegen, als er durch die Terrassentür ging, und schob ihren Unterarm unter seinen Oberarm. Er lächelte sie an und sagte: »Wie schön du an diesem Morgen bist! So jung, so frisch, so leicht, so gesund!«

Darauf gab es nichts zu erwidern, Lion kramte in seinen Gedanken, auch Marta, Elisabeth, schließlich selbst Bruno, aber niemandem fiel ein Satz dazu ein.

Sie aßen schweigend und verbrachten den ganzen Tag zusammen. Marta steuerte das Automobil die Küstenstraße entlang, sie hielten an Restaurants und Cafés, sie gönnten sich Pausen an Aussichtspunkten, vom Ozean entfernten sie sich jedoch nicht. Und als sie am Abend zurückkamen – der Hausmeister hatte des *Walds voller Diebe* wegen einige Lichter entzündet –, als sie von der Garage in die Villa gingen, da sahen sie auf dem Küchentisch ein Telegramm: »Komme. Morgen schon. Bleibe. Th. Mann.«

Wasser in den Augen des Sterbenden, seine drei Begleiter atmeten erleichtert auf.

Am Mittwochmorgen war Elisabeth schon lange vor Bruno wach geworden, sie lag lange im Dunkeln und sah die Dämmerung aufziehen. Grillen und Vögel begannen fast zeitgleich mit ihrer Arbeit: singen und jagen, jagen und singen.

Wie starben die Menschen in Kalifornien, in einem so sonnendurchfluteten Landstrich, den ihr Ehemann oft mit einer Filmkulisse verglichen hatte? Sie wusste, dass die Indianerfriedhöfe alle im Landesinneren lagen, versteckt in Wäldern, auf Lichtungen, zu denen es keine Pfade gab.

Ein Sterben im Leuchten, im Ozeanrauschen, im Gleichmut mexikanischer Fremdarbeiter, Elisabeth hatte auf einmal Todesangst vor dem Dahinscheiden ihres Ehemannes. Es war eine solch existenzielle Angst, dass ihr der Schweiß ausbrach und sie die leichte Bettdecke zurückwerfen musste. Nur wenig später stand sie im Bad vor dem Spiegel, wollte unter die Dusche gehen, doch unerwartet zog sie das eigene Spiegelbild an. Wen sah sie? Wie sollte man sich auf den Witwenstand vorbereiten? Sie zauderte. Bruno hätte darauf bestimmt eine Antwort, in jedem seiner Romane spielten Spiegel eine wichtige Rolle. Sie waren immer Vororte der Entscheidungen, Vororte der Konfrontationen, aber wie war das im wirklichen Leben? Konnte man sein anderes Ich, das nicht unbedingt das wahre sein musste, wirklich in dem Augenblick in einem Spiegelbild erkennen, in dem es quasi heraussprang, um dem Betrachter seinen Irrtum und seine Falschheit vor Augen zu führen? Literarisch gesehen war das ein Kunstgriff, der schon im *Faust* verwendet worden war, auch wenn es da kein Spiegel war, Elisabeth wusste es von ihrem Mann, der das Werk um die zwei Ichs in einem fast auswendig hersagen konnte. Stellten Bürgerliche sich so den Kampf von Kunst und Natur vor? Als Schauspielerkind wusste sie, dass es anders war, aber jetzt erst fiel ihr auf, dass sie ihren Mann nie darüber aufgeklärt hatte. Sie hatte ihn an den *Faust* glauben lassen, als wäre er nicht von einem bürgerlichen Geheimrat verfasst worden, sondern von einem Mann, der am Dasein zweifelte und litt. Dieses ständig ans Menschengute Glaubende, das ihren Mann auszeichnete, dieses immer an Mitmenschlichkeit Appellierende, bröckelte es am Ende seines Lebens doch noch, weil er sich dem moralischen Menschenfeind Chamfort zugewandt hatte, von dem es drei Maximen gab, die Bruno Frank in den letzten Tagen auffällig oft zitiert hatte? »Fast alle Menschen sind Sklaven aus demselben Grund, den die Spartaner für die Sklaverei der Perser angaben: dass sie nicht nein sagen konnten. Dies Wort aussprechen und allein leben zu können, das sind die einzigen Mittel, Freiheit und Charakter zu bewahren.« – »Hat man sich einmal entschlossen, nur mit denen zu verkehren, die fähig sind, mit uns die Sprache der Moral, Tugend, Vernunft und Wahrheit zu sprechen, und die Konventionen, Eitelkeiten, Etiketten nur als Stützen der bürgerlichen Gesellschaft anzusehen, hat man diesen Entschluss also gefasst, und man muss ihn fassen, wenn man nicht dumm, schwach oder niedrig sein will, so lebt man fast ganz allein.« – »Einen Menschen, den man nicht sehr gut kennt, kennt man gar nicht, aber wenige Menschen verdienen, dass man sie studiert. Daher kommt es, dass der Mann von wahrem Verdienst im Allgemeinen keine Eile hat, bekannt zu werden. Er weiß, dass nur wenige imstande sind, ihn zu würdigen. Mit den üblichen phrasenhaften Lobsprüchen, die man ihm entgegenbringt, kann das wahre Verdienst nichts anfangen.«

Das wahre Verdienst also, war es nicht statthaft, dass ein Mensch am Lebensende sich nach dieser Sache befragte? Elisabeth hätte ihrem Sterbenden sehr gern geholfen, eine solche Verdienstliste aufzuschreiben, aber sie wusste auch, dass es nicht die Theatererfolge waren, die Bruno meinte. Es war nicht das Drehbuch zu *Der Glöckner von Notre Dame*, es waren nicht die Verfilmungen seiner Friedrichromane, nicht einmal die Romane selbst. Als seinen glücklichsten Moment hatte er stets den Gewinn eines hoch dotierten Novellenwettbewerbs genannt, da stand er am Beginn seiner Karriere. Es waren weder der unerwartete Ruhm noch das erste selbstverdiente Geld gewesen, was ihn glücklich gemacht hatte, es waren die Rezensionen gewesen: Man hatte seine kleine Novelle mit den Erzählungen *Tod in Venedig* und *Tonio Kröger* verglichen, und da er überzeugt gewesen war, dass diese beiden Werke Generationen prägen würden, in deren Schatten nun auch seine Novelle *Pantomime* stand, war er damals stolz und leicht geworden; glücklich.

Doch was dann folgte, war nicht der Durchbruch zum Olymp, Bruno Frank selbst hatte seinen Platz beschrieben, der fortan zu den Füßen der Meister zu finden sei.

Oft hatte Elisabeth darüber nachgedacht, ob diese fast vierzigjährige Nähe zu Thomas Mann, zum Zauberer, den Bruno seiner Werke wegen so unbeschreiblich tief verehrte, nicht verhindert hatte, dass Bruno Frank selbst ein großes Werk von Bestand und von wahrem Verdienst verfasst hatte.

Wie oft hatte die Franks nicht ein Anruf aufgeschreckt, dessen Folge es dann war, dass Bruno für Thomas etwas Unaufschiebbares, etwas von größter Wichtigkeit erledigte: Ein Teil von Bruno Franks Geist war für die Karriere seines Kollegen und Freundes reserviert, der so lange gezögert hatte, seinen Kollegenfreund am Sterbebett zu besuchen, der es so lange hinausgeschoben hatte, ihm die vorletzte Ehre zu erweisen; was war sie froh, dass Nobelpreisträger Thomas ›Der Zauberer‹ Mann sich doch noch überwunden hatte.

Sie freute sich für ihren Mann, dem der Abschiedsbesuch des Zauberers, nachdem er den Chamfort geschafft hatte, zum Wichtigsten geworden war, und riss sich vom Spiegelbild los, überrascht, dass es wirklich so war wie in der Literatur: Vor einem Spiegel konnte man aus sich selbst heraustreten und in die Gestalt eines anderen Ichs oder sogar in die Gedanken eines anderen Menschen treten; vielleicht sogar auch in dessen Gefühlswelt?

Elisabeth Frank ging zur Badewanne, zog den Vorhang vor und regelte die Wassertemperatur, ehe sie lange und leise singend duschte. Was war sie froh, sich nicht mehr mit den düsteren Maximen und dem unglücklichen Leben des einsamen Chamfort beschäftigen zu müssen. Die arme Denise; es lag hinter ihnen beiden; das heiße Wasser befreite Elisabeth und weckte ihre Lebensgeister wieder. Nachher würde sie für ihren Mann einen herrlichen Obstsalat, einen

Joghurt und einen starken Kaffee vorbereiten. Auch er sollte sich endlich von Chamforts Denken befreien; das Leben war zu kurz, um – ach, um was auch immer – eben nicht – machen zu müssen!

Erfolg schützte vor Einsamkeit – Einsamkeit schützte vor Erfolg; ja, schon klar, energisch rieb Elisabeth Frank sich Seife in die Haare.

Sie hatte die Freunde spontan zum zweiten Frühstück eingeladen, um die vier wichtigen Großbuchstaben ENDE zu feiern und um Bruno zu überraschen. Mit gefönter Frisur stand sie unten in der großen Küche vor dem Arbeitstisch und schälte Äpfel und Apfelsinen, entkernte Weintrauben und Pflaumen, zerschnitt Bananen und Birnen. Das Radio dudelte, unterbrochen von Nachrichten in mexikanischer Sprache, und Elisabeth fand es sehr angenehm, einmal nicht die Informationen zu verstehen, mit denen sie in der Welt gehalten wurde. Einmal frei von Einflüssen zu sein. Sie richtete den Obstsalat in der großen Glasschüssel an, die die Feuchtwangers von einem Botschafter der Republik auf tschechischem Boden erhalten hatten, ehe sie sich daran machte, den Joghurt zuzubereiten. Bruno wollte sie oben im Schlafzimmer ruhen lassen, aber auch nicht zu sehr, weshalb sie das Radio extra laut eingestellt hatte. Musik wellte durch die Villa, vorerst lockte sie die Feuchtwangers an.

»Brauchst du Hilfe?«, fragte Marta, während sie ein Glas unter den laufenden Wasserhahn hielt.

»Ich bin fast fertig. Den Kaffee mache ich, wenn alle da sind. Und der Tisch ist auch schon gedeckt«, sagte sie, bevor Lion vorschlug, sie könnten ja alle auf der Veranda auf die Besucher warten. Dort sei jetzt Vormittagssonne; als die drei jedoch dort angelangten, schob sich die Sonne gerade übers Hausdach auf die andere Seite.

»Na ja, es war ein Versuch«, sagte Lion. Sie setzten sich trotzdem; als Erster kam Ludwig Marcuse. Er stieg aus dem Taxi und grüßte schon von der Straße aus. Der berühmte Literaturpapst rief fragend, ob es wahr wäre, dass das neue Frankmanuskript fertig sei. Elisabeth rief ein Ja zurück.

»Das ist ja wunderbar, das ist ja einzigartig. – So sollte man Kriegsende und Friedensbeginn feiern: schreibend, schreibend, schreibend!«

Das Ehepaar Viertel kam zusammen mit Klaus Mann, nur wenig später und ebenfalls mit einem Taxi. Einen Moment lang standen die engsten Freunde der Franks – bis auf den Zauberer mit seiner Frau – um den niedrigen Verandatisch herum, auf dem eine Karaffe mit Zitronenlimonade stand, die Elisabeth schnell noch zubereitet hatte. Sie tranken, und Marta meinte, so solle man immer feiern: mit Erfrischungsgetränken und Joghurt anstatt mit schwerem Portwein und Wildbraten. So beginne man doch wahrlich einen neuen Lebensabschnitt viel besser.

Die Gäste nickten bestätigend, ehe Klaus vorschlug, man solle doch Bruno holen.

Sie wollten ihm alle persönlich zum Manuskriptabschluss gratulieren, sodass es niemanden in der ersten Etage hielt. Sie kamen Elisabeth hinterher, die breite Treppe hinauf, und warteten, als sie die Tür öffnete, sie offen ließ und eintrat. Es blieb aber still. Keine Stimme, und als Zweiter trat Lion ein. Er sah Elisabeth am Fußende des Bettes stehen, und er wollte schon etwas fragen, als er auf den reglosen

Bruno sah. Er ahnte es mehr, als dass er es wusste. Irritiert blickte er auf das Lächeln des Toten.

Salka Viertel, die berühmte Regisseurin, die eines von Bruno Franks Büchern verfilmt hatte, kam als nächste herein und hielt sich unwillkürlich an Klaus' Arm fest. Es blieb still, auch nachdem alle eingetreten waren.

Schließlich sagte Lion Feuchtwanger: »**Es** ist ein Liebender, der da gestorben ist. Seht euch nur sein glückliches Gesicht an.«

Ludwig Marcuse nickte: »**Aus** seinem besten Schlaf, den er in den Vormittagsstunden hatte, ist er nicht mehr aufgewacht. Er ruhte wie gewöhnlich: eine Hand unter dem kleinen Kissen, das große um den Kopf gewurstelt; die andere Hand lag unverkrampft auf der Decke. Er hasste die Vorstellung vom Tod als dunkle Majestät. Er ist *seinen* Tod gestorben; einen ganz unpathetischen. Es ist weiter nichts gewesen: kein Titanenkampf, kein Ausgrübeln der Grenzen. Er ist *von leichter Hand* weggewischt worden.«

»**Das** friedliche Lächeln zeigte, wie sanft und schmerzlos sein Ende war«, sagte Salka Viertel.

Und endlich fand auch Klaus Mann Worte: »**Diese** warme, reiche Menschlichkeit, diese intellektuelle Instanz, diese Treue, die Generosität.«

Lion Feuchtwanger räusperte sich und hob noch einmal an: »**Bruno** Frank war jeder Zoll ein Humanist. Er gehörte zum aussterbenden Typ des gebildeten Schriftstellers, zu jener Klasse altmodischer Schriftsteller, die Gewicht darauf legen, ihr Handwerk zu meistern.«

Sie alle umarmten die Witwe, die einzige Person im Todeszimmer, der es die Sprache verschlagen hatte.

Das Einzige, an das sie denken konnte, war, dass ihr Mann wie seine letzte Hauptfigur genau sieben Tage nach seinem letzten Geburtstag verstorben war. Diese Parallele hätte ihn gefreut.

Man telefonierte den Arzt herbei, dann informierte man den Zauberer, der noch in der gleichen Stunde – im Flughafenbus sitzend – in sein Tagebuch schrieb: »**Schmerzlicher** Verlust. Ein Mensch, der mich liebte und dem ich mehrmals aus Nachlässigkeit wehgetan habe. 35 Jahre kaum unterbrochener Nachbarschaft und Austausches.«

WAHRHAFTES ENDE

EPILOG

Krieg den Palästen, Friede den Hütten.
Chamfort.

Das Manuskript *Chamfort erzählt seinen Tod – zu Ende*, lag – als dessen Autor starb – auf dem Tisch in der Diele der Villa ›Aurora‹ der Familie Feuchtwanger. Es war von Elisabeth eingetütet, adressiert und frankiert worden. Sie wollte es am Nachmittag des zwanzigsten Juni fünfundvierzig zur Post bringen, doch daraus wurde nichts, denn Bruno Frank starb an diesem Tag seinen glücklichen Tod.

Das Manuskript *Chamfort erzählt seinen Tod – zu Ende* sollte nach Deutschland geschickt werden, an den Verlag S. Fischer. Zwar hatte Lion Feuchtwanger der Witwe von seiner Notlüge erzählt, sie beschlossen jedoch, dem Verlag eine zweite Chance zu geben. Sie hofften, die Verleger würden ihre Entscheidung revidieren.

Als Elisabeth Frank einige Tage später das Manuskript *Chamfort erzählt seinen Tod – zu Ende* dann endlich zur Post bringen wollte, da hielt sie mitten in ihrem letzten Botengang plötzlich inne.

Aus einem Trauerimpuls heraus warf sie den dicken Umschlag in den Papierkorb, der neben der Parkbank stand, die sich vor dem Postgebäude befand, nicht weit von der Stelle entfernt, an der bald das Denkmal stehen wird.

Als sie später die Ausgabe des Sonderheftes der *Neuen Rundschau* zum siebzigsten Geburtstag von Thomas Mann bekam, das bereits Anfang Juni erschienen war, fand sie das erste Kapitel als Exposé *Chamfort erzählt seinen Tod*, das sie dem Herausgeber noch gemeinsam mit ihrem Mann für einen Vorabdruck zugeschickt hatte. Und endlich bahnten sich Tränen ihren Weg.

Der Papierkorb war – wie immer – mittwochs geleert worden.

ANHANG

Es war leicht, dich zu lieben,
als du noch schön warst.
Bruno Frank: *Die Fürstin.*

Die Passagen über Chamfort, die im ersten Kapitel mit einem **fett** gedruckten ersten Wort markiert sind, ergeben zusammen Bruno Franks Anfangskapitel seines geplanten Romans *Chamfort erzählt seinen Tod*, den ich weitergeführt habe.

Das Bild der Einkerkerung Trencks stammt aus Bruno Franks Roman *Trenck – Roman eines Günstlings*. Es ist mit einem **fett** gedruckten Anfangswort markiert.

Die Äußerungen der Trauernden – **fett** gedruckte Erstwörter – stammen aus Briefen, Tagebuchaufzeichnungen und Trauerreden eben jener Freunde Bruno Franks. Sie stellen nur eine kleine Auswahl dar.

Das Gute sollte siegen, wenn auch – wie wohl immer – auf eine ganz andere Weise. Rund vierzig Jahre nach Bruno Franks Tod erschien tatsächlich eine Werkausgabe in sechs Bänden – nur eben in jenem deutschen Staat, vor dem er schon 1945 gewarnt hatte. Zwischen 1977 und 1982 brachte der DDR-Verlag Der Morgen alle wichtigen Bücher – bis auf *Die Fürstin* – neu heraus. Diese verlegerische Großtat bildete die Hauptquelle für meine Arbeit, besonders die Romane *Trenck – Roman eines Günstlings*, *Cervantes*, *Die Tochter* und *Der Reisepass*. Hinzu kamen die Novellensammlung über Friedrich den Großen (*Der Großkanzler*, *Die Narbe*, *Alkmene*), die Novellen *Der Magier*, *Hochbahnfahrt*, *La Buena Sombra*, *Goldbergwerk*, *Pantomime*, *Der Schatten*, *Die Unbekannte*, *Bigram*, *Die Melodie*, *Koptisch muß sein*, *Die Monduhr* und das Debüt *Im dunklen Zimmer*, um mehr über den Stil Bruno Franks zu erfahren.

Der Roman *Die Fürstin* wurde zuletzt 1932 als eines der gelben Ullsteinbücher (Nummer 158) aufgelegt. Davor erschien er 1928 in Wien und als Erstausgabe in vier Auflagen 1915 in München. Heute sind gerade noch sieben Exemplare aus allen Veröffentlichungen existent, eines davon befindet sich im Nachlass des Schriftstellers und Kafka-Spezialisten Klaus Hermsdorf. Ein Exemplar besitze ich selbst. Aus ihm stammt eines der wichtigen Motive dieses Romans.

Bruno Franks Theaterstück *Sturm im Wasserglas* wurde insgesamt sechsmal verfilmt. Es ist von zeitloser Aktualität, weil es davon handelt, wie Provinzpolitiker die Bevölkerung unterschätzen.

Bekannt geblieben ist der Film *Der Glöckner von Notre Dame*, für den Frank das Drehbuch schrieb. Nach seinem Tod wurden seine Bücher immer mal wieder neu aufgelegt: bei S. Fischer, Rowohlt, Suhrkamp, Kiepenheuer und Witsch, Ullstein, dtv u. a., was Franks Frau zu verdanken ist, die sich ebenso unermüdlich für seine Theaterstücke einsetzte. Nach Bruno Franks Tod wurde Elisabeth Frank eine wichtige Theateragentin, die zwischen den USA und Deutschland vermittelte.

Sie heiratete noch zweimal nicht minder berühmte Männer und verstarb 1979.

Fragmente, Anfänge, Exposés
Sébastien-Roch Nicolas de Chamfort: *Ein Wald voller Diebe*.
Bruno Frank: *Chamfort erzählt seinen Tod*.

Wissenschaftliche Arbeiten

Claude Arnaud: *Chamfort – Die Frauen, der Adel, die Revolution.*
Sascha Kirchner: *Der Bürger als Künstler – Bruno Frank.*

Hilfen zur Selbsthilfe

Hans Joachim Schädlich liest Bruno Frank. Ein Protest als CD.
Hans Joachim Schädlich: *Sire, ich eile.* Eine Novelle.
Leo Tolstoi: *Herr und Knecht.* Eine Novelle.
Zeitschrift *Playboy*: *Schreibtischkalender 2012* (Jan. bis Feb.).

Letztes Rätsel

Von Chamfort gibt es gleich drei gültige Geburtstage: Es sind der 5. April 1740, der 22. Juni 1740 sowie der 6. April 1741. – Welcher der Richtige ist, der Luchs weiß es auch nicht.

Dank

Ich bedanke mich für das Stipendium in der ›Casa Baldi‹ der Deutschen Akademie Rom, für das Literaturstipendium der Landeshauptstadt Stuttgart, für das Stipendium in der ›Villa Aurora‹ zu Los Angeles und für das Literaturstipendium des Hotels ›Zur Bleiche‹. Gut, dass es Juroren gibt, die ästhetischen Eigensinn unterstützen.

Besonderer Dank gilt Matthias Teiting, der als freier Lektor mit einer Erstredaktion und einem Erstlektorat wichtige Fragen stellte.

INHALT

BRUNO FRANK BEI MATTHES & SEITZ BERLIN

Bruno Frank
Flüchtlinge
2015 zum 70. Todestag eines Vergessenen
Sieben Novellen – und mehr
Herausgegeben von
Volker Harry Altwasser

Da nennt der vierundzwanzigjährige Bruno Frank sein viertes Buch schlicht *Flüchtlinge*, das im Jahre 1911 erscheint, nicht ahnend, dass er zweiundzwanzig Jahre später selbst zum Flüchtling werden wird. Am Tag nach dem Reichstagsbrand verlässt der Sohn eines jüdischen Privatbankiers sein Heimatland – und stirbt einen Monat nach Kriegsende im fernen Los Angeles, ohne seine Heimat je wiedergesehen zu haben.

Diese Lebenstragik findet sich noch nicht in den perfekt gearbeiteten Zeilen der sieben Novellen wieder, die ein echter Frauenverführer, ein spielsüchtiger Student, ein wahrer Lebensästhet verfasst hat. Die Novelle *Pantomime* wurde von einer Jury, in der sich auch Thomas Mann befand, mit dem ersten Preis ausgezeichnet. Alle Novellen handeln von Flüchtlingen, denen die Flucht misslingt. Damit nehmen Franks Protagonisten das Schicksal ihres Verfassers vorweg, dessen Flucht erfolglos blieb, wenn man davon ausgeht, dass nur die Rückkehr ein Flüchten beenden kann.

So wird Frank selbst zum literarischen Helden in seinem eigenen Sinne, ein Umstand, den der Roman *Glückliches Sterben* widerspiegelt.

Franks Novellen stammen aus der Hochzeit der humanistischen Bürgerlichkeit und der eleganten Ironie. Dafür steht besonders die Novelle *Der Papagei*, die der gebildete Leser so schnell nicht wieder vergessen wird. In *Die Mutter einer ganzen Stadt* nimmt Bruno Frank 1911 vorweg, was dem deutschen Volk zwanzig Jahre später passieren wird. Aus heutiger Sicht wirkt diese vorgestellte Unmenschlichkeit befremdlich. Menschlich hingegen entfaltet *Das Böse* seine Wirkung, während *Der Glücksfall* zum ersten Mal in der deutschen Literatur eine Dramaturgie entwirft, der noch heute jedes zweite Fernsehfilmdrehbuch folgt. *Die Melodie* und *Ein Abenteuer in Venedig* – das sind Glanzstücke der Novellenkunst, die von den Lesern endlich wieder neu zu entdecken sind. Daher müssen die Manns ein wenig zusammenrücken, was sie für ihren treuen Schriftstellerfreund aber sicherlich gerne tun werden.

Der ursprünglichen Ausgabe werden folgende Novellen als Bonusmaterial beigefügt: *Bigram*, *Die Monduhr*, *Das Goldbergwerk*, *La Bueno Sombra* und besonders gern *Koptisch muß sein*.

»Und abgesehen vom Künstler, meinte sie, müsse es überhaupt eine rechte Plage sein, sich nicht mehr mit eignen hellen Augen betrachten zu können, vielmehr Brillengläser tragen zu müssen, die der Geschmack der Andern geschliffen hat.« (Bruno Frank, *Im dunklen Zimmer*, Debüt, 1906)

Erste Auflage Berlin 2014

Copyright © 2014
MSB Matthes & Seitz Berlin Verlagsgesellschaft mbH
Göhrener Str. 7, 10437 Berlin
info@matthes-seitz-berlin.de
Alle Rechte vorbehalten.

Umschlaggestaltung: Dirk Lebahn, Berlin
Druck und Bindung: Friedrich Pustet, Regensburg

ISBN 978-3-88221-197-9

www.matthes-seitz-berlin.de